一座城池，一路风景

A City, A Landscape

王鑫 著 摄影

四川大学出版社

重印序

2011年11月的一个下午，甘孜藏族自治州理塘县然日卡村小学的少年们，坐在简陋的教室里，阳光照进窗户，一双双充满了好奇的眸子，望向老师讲台……见此光影，我以一个摄影师的视角按下了快门，定格了一个瞬间。

5年后，本书出版，这张照片被放入书中的随笔“然日卡村的希望”里。

因缘际会，这本书和这张照片，今天因理塘然日卡村“甜野男孩”的走红而再次被世人所关注，应广大网友的要求，重新印刷出版。一张照片，跨越9年，再次出现在人们的视野，让人不得不感叹网络世界的神奇，谨此，以本书重印作为岁月流转的特别纪念。

2020年12月

一座城池，

是吴哥，是都市，是围城，

是庸常的生活，是内心的深处……

一路风景，

是藏地，是山河，是旷野，

是可可西里的土地，是未知的秘境……

白昼黑夜，

走走停停，

我提着镜头当灯笼，

寻觅着，

尘喧之上的，

片刻宁静。

行迹的注脚

《中国摄影报》副总编辑 柴选

选择了摄影，就选择了“在路上”。古往今来的大家名家几乎皆是如此。

“十步之内必有佳片”，这句话在我看来，有时候是行万里路者对于盲目上路而茫然无措者的劝慰，有时候则是“有了钱的时候我却没时间”的自我解嘲。每个人都有行走天地间，向着远方去的渴望，都希望能用自己的眼睛去探寻全新的世界。难怪曾在东方旅行长达半个世纪之久的法国著名摄影家马克·吕布说，一个摄影师首先需要的是一双好鞋，我几十年的摄影生涯穿破了无数双鞋。

大部分追求所谓“艺术境界”的摄影者，恐怕很难明白，自己多数时候生产出来的照片，只不过是富而思雅的自我意识的结晶，要想达到艺术的境界，还需要时间和多重因素的磨炼。

即使如此又若何？我们还是喜欢呼朋引伴逐风弄月，驾车呼啸而去，徒步行脚天涯，希望偶有艳遇、巧遇或奇遇，能够看到日夜轮回、山川依旧。

在这个过程中，摄影是什么？它首先一定是记录行程的利器、留存记忆的工具，是辅助自己将旅途捋顺进而及时传播自我价值观的媒介。“有图为证”在这里应该理解为，无论对于摄影名家还是对于普罗大众，图像只不过是我们行走足迹的注脚。

谁也不能否认，文字是最富魅力的记录载体，或长或短的句子，可以引发无数的美好想象。摄影则是最易凝结信息的记录载体，一幅被定格的画面中，可以解读出成千上万字的丰富内容。无论有闻辄记，还是拍照留念，旅行中的我们要什么，我们怎么看，我们如何面对这个诱人而又恼人的世界等疑惑，都终究会写进每个人的记忆深处。

从传播角度来说，文图结合的传播肯定最有效——在某些时候，号称“一图胜千言”的图像只是个哑巴，没有文字的辅助，它不能开口说话。同样，在很多时候，文字只能抽象化出某些概念样式，而无法以具象的方式感染人。飞扬的文采加上美妙的图像，会是什么样的光景，图文书的畅销已然向我们证明着一切。图片在报纸版面上越用越大，而纯粹的画刊版却越来越少的现象，也正成为这一结论的有力注脚。

摄影的成果是时空的切片，快门开启之间，眼前的时光就会被凝结留存，所以在日本摄影家荒木经惟眼中，作为“此时此刻”的记录是不可重复的，也就成为永远。

旅程中的摄影之重要，在于它可凝结图像成就永恒。如果像中国传统的旅行团一样，上车睡觉、下车拍照，则会索然于对大自然的单纯的影像撷取，索然于拍了一大堆照片却“不识路上全面目”，而恰恰少了那种静静的观赏和慢慢的体味。

摄影是通过观看产生力量的。当我们抛却了相机，目光直视眼前的山水田园、草木炊烟时，又会有什么样的体悟？当这种发乎心灵深处的感触促使我们不由自主地再次拿起相机，轻轻按下快门时，才会真正把旅程记忆定格成融入无数联想空间的时空切片。

王鑫用自己的灵动笔触，写一座城池的古今中外、俚俗高雅，也写一路走来、一路思索的见闻与思考，在游走中将古今中外的掌故现实之类娓娓道来，在行摄时将属于自己内心深处的那分真感情加以抒发，文引图穿，文图相映，成就了一本颇具可读性和体验感的旅游笔记。这，一定是源于他对于世间万物的热爱与哲思，源于他对于一路风景的欣赏与眷恋。

王鑫的文字旁征博引却似信手拈来，轻松中寓含着深刻，而吉光片羽的照片则静静地躲在字里行间，对视着我们，对视着相识或者未曾相识的读者，安静甜美而又意韵深长。这些照片没有被刻意地艺术化，亦没有成为旅途的见闻图录，更多的是以具象的细节，作心境的描摹，作视线的浓缩，从中可见一路走来的苦辣酸甜。

值得关注的是，他在《一座城池，一路风景》中专门撰文，论及自己对于摄影的思考与感受，其视野纵览中外古今，识见不同凡响。他还谈及对不少摄影家及其作品的看法，亦值得一读一思。

我始终认为，摄影也好，艺术也罢，只不过是为自己的喜好找一个充分必要的理由，戴一顶“高大上”的帽子。而真正的摄影人则会明晰地知道，自己的照片将走向何处。一如此书中提及的塞巴斯蒂奥·萨尔加多这样的名家，把摄影当成最犀利的工具，来研究劳动关系及世间万物起源等哲学命题。

一个人走得再远，也走不出自己的内心。旅行者的一路欢歌，依然会归为一个城市的永恒记忆。珍惜在路上的每一次机会，是旅行者的心里话，也应该是摄影者的必杀技。

祝愿王鑫的行摄之旅，结出更多思考的硕果，有文有图有感悟，有思有论有真情。

为路歌狂

地球是一本书，不旅行的人只看到其中的一页。

当我们蜗居于一方城池之内，终日与琐事缠斗，与压力斡旋，想抽身突围却腿脚困顿，寸步难移。所幸有一天，我拨开一丝缝隙，冲出迷乱如麻的浮生，扯断千丝万缕的羁系，化身“阿凡达”，翻墙越境，拔腿奔逃，一头扎进那个没有藩篱与喧嚣的潘多拉世界。

奔逃的路上，勇者为王。

那一刻，我脚踏地球头顶蓝天，耳鬓响彻木心①的豪言壮语：

“登金字塔，埃及属于我。彳亍拜旦隆的八柱间，雅典臣伏在我足下。小坐巴黎街头咖啡店的椅子上，法兰西为我而繁华。那胡夫法老，那伯律柯斯，那路易十四，都不知后来的王者不烦一兵一卒，长驱直入，笑谈于深宫、要塞、兵家必争之地，享尽风光，扬长而去——旅行家万岁！”

古代帝王，再伟大也想象不到，他们东征西伐，耗尽毕生心血才换来的疆土，千秋万代之后，我等凡夫常人只需几张票根，便可在神圣的殿堂里闲庭信步，在雄伟的城堡上指点江山了。

越是阅历丰富之人，越是不敢妄自菲薄和任意评判他所面对的整个世界。旅行，让我们不再蹲伏于井底，不再蛰伏于斗室。

这个世界何其瑰丽，是那些从不出门者所无法想象和感受的。正如《旅行，人生最有价值的投资》的作者吉姆·罗杰斯所说：“想要真正看清这个世界，就要亲身去体验。投资如此，人生也如此。”那本书记录了37岁的他，与女友在20世纪90年代初的摩托车环球之旅，历时22个月，近10万公里路程，横跨6大洲52个国家和地区。这位美国的“高富帅”，才真的叫作“玩的就是心跳！”

而对于我等普罗大众，在有限的闲暇和钞票下，能够在旅游中看美景“饱眼福”、吃美食“享口福”已经是莫大的幸福了。此时此刻或许会有人跳将出来大吼：瞧你那点出息！难道就不能追求一点“高大上”的东西?

对！我忘了：

有位高人说，所谓旅行，就是一场观照内心的修行。

或许，在满足那些口腹、声色之欲后，旅行更应该带给我们不一样的人生意义。

话说1985年，IT界如日中天的“苹果王子”乔布斯，做梦都不曾想到会被自己创办的公司扫地出门。如果是今天，那些因为陷入人生低谷、不满于现状的家伙，常会甩下一句：“爷（姐）不伺候了！”炒了老板的鱿鱼，撂挑子走人，只留下小伙伴们一脸的错愕。而对于伟人来说，一时的低谷只不过是人生中的小插曲。当乔布斯悲愤地离开苹果后，意识到自己需要做出改变，独自开始了心灵探索之旅。幸运的是，旅行使他找到了改变未来的力量，那便是——禅。

禅家常说三种境界：“落叶满山空，何处寻行迹”“空山无人，水流花开”“万古长空，一朝风月”，境界虽不同，唯空性贯穿其中。乔布斯归来之后，一切化繁为简。他的老师——日本禅师乙川弘文，回忆起乔布斯在硅谷的家印象很深刻，他在接受*Cult of Mac*杂志采访时回忆道：“乔布斯的房间里几乎没有任何家具，只有一幅爱因斯坦的画像，他非常敬佩爱因斯坦；还有一盏蒂凡尼台灯、一把椅子和一张床。他不仅不喜欢被太多的东西包围，而且对于挑选东西难以置信地在意。”这种简单朴素的禅学思想，后来同样被应用于“苹果”的产品设计理念。

我不得不承认，旅游与旅行不仅仅是“土豪”“乡绅”与“小资”“文青”的区别。一次旅行，不但可以拓展视野，收获见识，提升境界，更是对生活的重新理解，对自我的重新审视，对内心的重新自省。旅行，可以改变人们的价值观，让人们的心灵更接近自然。华兹华斯[②]说：“如果我们对这个时代或精英的价值观感到痛心，那么思及地球生命的丰富多彩，或许会让我们感到释然，让我们记住，这个世界除了大人物的事业，还有在原野鸣叫的草地鹨。”

一部《摩托车日记》电影、一本凯鲁亚克的《在路上》，影响了几代人，成为旅人的圣经。每当人们在孤独中，在迷茫里，在灯影下，看到它们，“存在的意义”再次唤醒内心最终实现思想的抵达。在今天，人们已喜欢用调侃回避深刻，用娱乐缓解焦虑，用狂欢抵御孤寂，但依然有越来越多的人如朝圣般在寻觅人生的真谛中再次上路。

当我独自旅行，在车站、机场、码头、旅馆、车厢、船舱等空间腾挪转移，这种辛苦劳顿使我得以暂时摆脱因循僵滞的日常生活，得以摒弃种种自私的安逸、种种陋习和拘囿。这种暂时打破家庭安全庇护的自助旅行经历，虽然会让人感到不安，但是在品尝艰难之后，更会让我珍惜所拥有的美好。正所谓没有劳苦哪知甘甜，开胃的饭菜，不是山珍海味，不是满汉全席，而是一番畅快淋漓地劳动后，饥饿赋予人们的自然渴望。

所以，与其羡慕梭罗在瓦尔登湖边搭棚建舍晒太阳，不如择时在路上，享尽天下万千美食与风光。

On a dark desert highway

行驶在漆黑荒凉的荒漠公路上

Cool wind in my hair

凉风吹过我的头发

……

《加州旅馆》的旋律随开启的车灯响起，无论是黎明还是黄昏，野性的呼唤如发动机在轰鸣！

擦亮你最酷的墨镜！

扎紧你最美的头巾！

血脉偾张，狼烟滚滚，迎着未知的旅程，夺路狂奔！

注释：

①木心（1927—2011），本名孙璞，字仰中，号牧心，笔名木心。诗人、文学家、画家。1927年生于乌镇东栅，1982年定居纽约。在台湾和纽约华人圈中被视为深解中国传统文化的精英和传奇人物，陈丹青的导师，享年84岁。

②华兹华斯（William Wordsworth，1770—1850），英国诗人，“湖畔派”诗歌领袖，著有《抒情歌谣集》等。

最好的旅伴

青春何须要独行?

或许为了有机会如电影《致命伴侣》般从巴黎到威尼斯来一场惊心动魄的艳遇之旅，在机缘巧合中享用免费的美酒、法式大餐和那推窗见景的顶级豪华套房，与神秘女郎偶遇，与忧郁帅哥调情……不过这样的概率近乎缘木求鱼。

其实，旅行的方式有很多，要么一群人去，热热闹闹；要么一家人去，快乐温馨；要么两个人去，幸福甜蜜；当然还有一种，就是一个人出行。有一种源自西方国家的旅行方式叫作“间隔年”（Gap Year），意指青年在升学或者毕业之后、工作之前做一次长途旅行，时间通常为一年。通过这种方式去体验生活，融入社会，了解自己。“间隔年”也开始在中国的青年人中流行起来。今天，无论种族、文化背景、性别和年龄，越来越多的旅行者喜欢选择酷酷地一个人上路。

为何要选择孤独旅行?

佛说，今生能够在一起或相互遇见的人皆因前世之缘。人与人同处，永远无法避免磕磕碰碰，喜欢之时尚可迁就包容，厌恶之际必然心存芥蒂。总之，原属于自己的一颗本心却常为他人所累。

人们的身边常会发生类似的情景：两个人因为旅途中一件小事引发争吵，若不及时修复，即便是浪漫的夕阳美景，诱人的海滩烧烤，斗气的人儿早已没有那份心情和胃口了。因此还有人对婚前旅行大为推崇，理由是它可以检验两个人感情的黏合度和性格的契合度。

国外某位宇航员在他的回忆录中谈道，与同伴在飞船中待上三个月，能满足一切关于谋杀的必要条件。看上去似乎有些夸张，但是至少显示出结伴出游的人在共同的旅行中做到步调一致和彼此相安无事是多么具有挑战性。

另外，这个世界太忙碌，人人都有匆忙强迫症和孤独恐惧症，对科技的依赖性越来越高。这个世界，“除了食物和性，我们最爱手机。”一群人聚会，坐下来后必定是先找WIFI，各玩各的手机，再等菜品一上，围观拍照，随后晒微博，发微信。走路，上厕所，乘公交，坐地铁，人人手不离机，机不离手。正如安妮宝贝在《在印度》一文中谈到的，“经常可见的是人们恨不能时刻有事情填塞时间，需要不停筹备做出企图实践，绝不能容忍一小会的独处或孤独。哪怕坐地铁半个小时也要拿出手机打游戏看新闻目不暇接。这种惧怕里面也许有一种与精神根基相互滋生的贫乏和虚弱，与物质丰裕与否无关。”治疗这些症状，可以尝试对生活做减法，在旅行中去除资讯干扰和科技依赖，听从于内心，回归到宁静安详的状态。

所以，独自旅行，就是给自己留一份清静，给自由留一段时间，给自我留一个空间。

徐志摩在《我所知道的康桥》文中说：“‘单独’是一个耐人寻味的现象。我有时想它是任何发见的第一条件。你要发见你的朋友的‘真’，你得有与他单独的机会。你要发见你自己的‘真’，你得给你自己一个单独的机会。你要发见一个地方（地方一样有灵性），你也得有单独玩的机会。”正是他孤身旅居康桥，才写下了那首著名的《再别康桥》。

独自旅行，它可以丢掉世俗杂念，抛弃游戏规则；它可以暂时无须迁就，无须牵挂，无须牵绊。那些在人群中才有的不快、不平之事必然无处滋生。

面朝大海，眺望远方，与心交谈。绝不做意淫的幻想家，而要当敢做敢为的独行侠。

卢梭言：“人生而自由，却无往不在枷锁之中。”谈到旅行，很多人神往，然而神往过后，那些计划、梦想总是无疾而终。我们或许可以找到很多借口，但是有多少人能真正迈出行动的第一步？当我们困顿于无法自拔的现状时，那些所谓愿景，可能也就随时光烟消云散了。

“大部分人望着灵性的高峰，但是一生从来不曾攀上过，只是听听别人的经验就已经很满足，而自己不愿费任何心血。”（罗伯特·M. 波西格《万里任禅游》）

我们的生活，有太多的条条框框，如同身陷囹圄。独自旅行，让我们暂时出逃，做一个坚定不移的“逃跑者”。“生命的本质是时间”，而人们因为物欲而丢失了原本属于自己的时间。我们可以在“逃跑”的路上，找回属于自己的时间，进而找回自己。

“一旦你被训练得轻视自己的喜好，那么你就会对别人更加顺服——变成好‘奴隶’。一旦你学会不做自己喜欢的事，那么你就会为整个体系所接受。”（罗伯特·M. 波西格《万里任禅游》）我们就像流水线上不停运转的零部件，扮演着“该扮演”的角色，承担着“该承担”的任务和职责。在这个体系中生活得越久，运转得越快，就会越快地迷失自我。

灵魂的拯救，不会来自于忙碌喧嚣的文明中心，它一定是来自孤独寂寞之处。独自旅行，让情感得以回归纯真，让心灵得以获得安宁，让思想得以冲破迷障，让选择更加坚定。

孤独，是旅行中最好的伴侣。

记录与分享

当今摄影，难吗?

好像不难，科技的发展，相机的普及，降低了摄影的门槛，拍出一张好看的照片变得越来越容易。在这个数码和网络时代，眼花缭乱的技术，层出不穷的工具，只要你有想法，有创意，每个人都可能成为出奇制胜的摄影师或者出手不凡的跨界艺术家。

然而，摄影似乎还是很难。当初学者面对那些拥有哈苏、仙娜相机的“职业选手”时，常会觉得自惭形秽、底气不足。而每当我们用自己的作品与大师之作进行比较时，常常会觉得沮丧甚至绝望。当看到那些经典、优秀的摄影作品时，我们往往羞于拿出作品而怯弱地声称自己仅仅是个“发烧友”。还好，法国著名的当代文学思想家罗兰·巴尔特[1]在其著作《明室》中给予了业余爱好者以无限鼓励和希望。他说，业余爱好者通常被说成不成熟的艺术家：一个不能——或不愿——上升到专业水平的人。但是，在摄影活动领域里却相反，达到专业顶峰的往往是业余爱好者，离摄影真谛最近的，正是这种没有上升到专业水平的人。

初学摄影的人有时会陷入一个误区，总觉得拍得不够好是因为相机不够好，总有些“发烧友”喜欢不停地升级自己的摄影装备，唯恐跟不上更新换代的步伐。我们也常常在风景名胜地看到一些脖子上挂着“长枪短炮”的人煞有介事地拍摄，他们被称为“器材党”。对于“器材党”曾经有一个段子，一位摄影家带团出去采风，来到一个风景绝佳的地方，大家各自拉开架势拍摄起来，临近结束时，一个影友满头大汗地跑过来，指着地上一字排开的七八个长短不一的镜头问道：“老师，老师，我该选哪个头拍呢？”摄影家长叹一口气说道：“选哪个头不重要，重要的是用好你脖子上那个头！”

生活中常会看到一些人拿着最好的器材全球各地满世界跑，诸如欧罗巴，美洲大陆，澳洲新西兰，南北极地，非洲大草原，东非大裂谷，豪华游轮，飞艇热气球，私人飞机，海底潜水……他们已经达到了“发烧”的最高境界——“烧”钱“玩”摄影。

我也在思考一个问题，为什么那么多人喜欢跑那么远去拍？在这样一个图片泛滥的时代，拍什么的都有，要想与众不同，有一个很讨巧的东西叫作“陌生感”，或者叫“疏离感”，就是让影像与司空见惯的现实错位、拉开距离，甚至产生排斥。最简单的方式就是将彩色变成黑白，只要照片本身不是太业余，转成黑白后立刻凸显出一种肃穆、庄严和时空感。当然，要达到这种“陌生感”，还有很多方法，包括采用原始的显影技术和材质，如近期流行的传统湿版火棉胶摄影技术，还有加强拍摄的前期创意和后期加工，制作装置、道具，使用各种嫁接、拼贴等，花样繁多，不一而足。当然另辟蹊径的方式就是跑得远远的，去别人没去过的地方，拍别人没拍过的画面。

很多人热衷于拍摄风光、花鸟等主题，对影调、光效、技法和后期处理无不求其“美”。这无可厚非，赏心悦目毕竟是大众审美最直接的需求，山水诗意是中国传统文化因循下来的惯性表达。一些摄影人士言必讲构图，谈光影，喜欢把摄影定义为一门艺术。网上不乏一些光影漂亮、构图唯美的风光“明信片”，如“日照金山”“渔歌唱晚”等，它们形式雷同，色调饱和艳丽，连名字都约定俗成，被人们戏称为“糖水片”。更有意思的是，他们还热衷于一些“技巧”，如为了构图完美雇人到湖中打鱼撒网，燃放烟饼制造烟雾意境等。当然，中国依然有很多顶尖的风光摄影大家，他们在商业领域也取得非凡的成绩，但是全世界能够像安塞尔·亚当斯那样将风景拍出思想的大师却并不多见。一位知名艺术评论家、摄影家、策展人说，那些流于形式的风光摄影只是一种娱乐，他更看重的是摄影成为符合这个时代的、最有表现文化特征的一个优越媒介。

拍什么最难？拍人最难，拍身边的人最难，拍出人性最难。

真正的大师，都是拍人的，拍普通百姓的。例如记者出身、提出“决定性瞬间”的纪实摄影大师亨利·卡蒂埃·布列松，他那些举世闻名的经典之作均是来自街头、生活的抓拍。当了一辈子新闻摄影记者的尤金·史密斯，替*Newsweek*、*TIME*、*LIFE*等媒体拍照，发表了历史上最令人感动的几篇摄影专题：《西班牙乡村》《乡村医生》《助产士》《史怀哲》《水俣村》。它们没有奇巧出位的构图，没有对比强烈的色彩，没有刻意雕饰的光影，这种看似平实，却匠心独具的拍摄深深打动了所有观看者，连不识字的人都会产生共鸣，这恐怕是摄影的最高境界。当然，还有诸如罗伯特·卡帕、马克·吕布等。

另外，我不得不提一下令人尊敬的人道主义摄影大师——塞巴斯蒂奥·萨尔加多，他被誉为世界上最优秀的摄影师之一。《滚石》杂志评论说：“自有尤金·史密斯和卡蒂埃·布列松以来，极少有像萨尔加多这样重量级的摄影故事大师，能用照相机对主题进行如此深化启迪和净化的能力。”

萨尔加多在一年中有三分之二的时间奔波于旅途，全身心倾注于摄影，无论从体力到情感都做出了极大的投入。多年来他的足迹遍布不同的国家与地区，从卢旺达到波西米亚，他面对种种艰难与欢欣，以其悲悯之心注视着最底层的社会群体，关注自然环境和生态保护，凭着他敏锐的洞察力拍下了一张张表达人们内心渴望与呼唤的精彩照片。更令人感动的是，当他回到家乡巴西休养严重透支的身体时，成立了机构和组织，在美国、西班牙、意大利、巴西等国家募捐，全力推动环境保护项目，把荒坡恢复成繁密的森林。

在中国，也不乏拍普通人、拍身边事的优秀摄影家。如拍《大眼睛》的解海龙，拍《我的父亲母亲》的焦波等。

当然，我们不可能都变成用影像伸张正义、拯救苦难的大摄影师，更多的是娱人娱已和个人的兴趣爱好罢了。不过话又说回来，作为普通人，如果我们能在拍摄过程中掌握必要的技巧，增长一点影像常识，提升一定的审美修养又何乐而不为呢?

起初，我也把摄影等同于艺术，觉得很神圣，也很神秘。随着思考和理解的深入，我明白摄影其实就是一个工具而已，可以表达艺术，表达观点等。就像写作与文学的区别，会写作，不一定能成为文学家，同样，会拍照片不一定能够成为摄影大师。

布列松说：“摄影在于生活和观看。”在我的旅行拍摄题材中，风光很少，更多的是与人文有关的东西。一方面，我很少有机会去拍风光题材，因为那需要足够的时间，需要常年奔波山野的耐力，更需要上天赐予绝美光影的眷顾；另一方面，风光不同于风景，风景除了自然景观外，还包含了丰富的人文景观，个人觉得拍摄人的画面对我更有吸引力，也更具有挑战性。我不过是千万爱好者中最普通的人，更遑论多么高的摄影水平，只是努力在业余摄影的道路上孜孜以求、摸索前行。因为热爱所以认真，从拍摄之前的准备到按下快门，我都会尽力去了解拍摄对象，去学习他们的历史和文化，去感知他们的喜怒哀乐。摄影，就是通过我的眼睛，用相机去记录那些与我们生活在同一片天空下依然纯净的笑容，去发现那些逐渐在文明社会里消失殆尽的珍贵瞬间。

我还想谈谈文字。对于文字，有人将其推崇至一个无上的高度，给予敬畏、膜拜。我个人更喜欢将之理解为一种具有魔力的工具和有生命的密符，如同《哈利·波特》里面的咒语和魔法道具。寥寥几个字符组合而成的诗句，就可以把人们带入超凡的意境；洋洋万言编织起来的鸿篇巨制，可以打造出一个影响数代人的思想王国。

姐妹俩，柬埔寨暹粒，2011年。

影像与文字，是记录生活的两种方式，这也是将我们从现实引入精神世界的载体。生活，总是充满着无奈，当我们自甘平淡、惯于庸常的时候，也就错过了本不该错过的精彩。

2007年，在美国华盛顿特区的一个地铁里，某男子用小提琴演奏了6首巴赫的作品，45分钟里有1000多人经过这个地铁站，期间仅有7人停下来听了一会儿，20人给了钱便离开了，他共收到32美元。演奏结束后，地铁站里恢复了往日的宁静。这位小提琴手就是世界上最伟大的音乐家之一的约夏·贝尔②，他用价值350万美元的小提琴所演奏的是世界上最复杂的作品，而他在波士顿歌剧院的演出门票每张高达300美元，且一票难求。这个由《华盛顿邮报》主办的一次社会实验告诉我们：如果我们连停留一会儿，倾听世界上最杰出的音乐家用最优异的乐器演奏最美妙的音乐都做不到的话，那么在我们匆匆而过的人生中，又错过了多少其他美好的东西？

摄影家骆丹在其书《南方 北方》中说："物质能给我们带来的快乐越来越少，成本还越来越高。为了那一点暂时的快乐，我们被它终生奴役。难道非要到我们老了，才发现这辈子属于自己的时间实在是太少了吗？体面的工作、大的房子、好的车，这些东西会消磨我的意志，让我像蚂蚁一样生活。当物质主义价值观成为唯一的价值评判标准，对于一个国家甚至是全世界来说，实在是件可怕的事情。"

当我们拒绝平庸时，我们至少可以用相机和纸笔记录下所经历的美好和思维的火花。电影《荒野生存》（*Into the Wild*）中的主角克里斯托弗在生命的最后一刻写下：

HAPPINESS ONLY REAL WHEN SHARED.

"真正的快乐只存在于分享中。"

影像与文字，它们如同我的目光和声音，让我与那些谋面和不曾谋面、相识和未曾相识的人们一起在视觉与心灵的碰撞中分享这个世界。

注释：

①罗兰·巴尔特（Roland Barthes，1915—1980），法国当代杰出的思想家和符号学家。

②约夏·贝尔（Joshua David Bell，1967—），著名的美国小提琴家，曾获得奥斯卡与格莱美奖。

目 录

巡 旅·蜀境

不曾远行的那些感动

寻 心·藏地

仓央嘉措的精神之旅

后 记

成都与丝路

马队浩荡，驼铃叮当，穿越高山大岭，走过险滩戈壁，古人用最原始的方式，踩踏出一条连通东西文明的商道，这便是丝绸之路。丝绸，一个视觉华丽、触感细腻的名词，而以它命名的道路常常勾起人们关于横跨欧亚大陆的曲折、奇幻、艰险又不乏迤逦、豪迈、浪漫的想象。成都，这样一个千古名都，竟然不偏不倚地成为国际走廊中重要的空间、历史坐标。

南方丝绸之路，亦称蜀身毒道，起于成都，经云南到达印度。总长约2000公里，始于两千多年前的西汉。南方丝绸之路大致从北向南，由若干条干、支线构成了一个大范围的交通网络，其主干线路大抵分为两条。

一条是“旄牛道”，又称西线。从成都出发，经历史上的临邛（四川省邛崃市）、旄牛（四川省汉源县）、邛都（四川省西昌市）、叶榆（云南省大理白族自治州）、永昌（云南省保山市）等地，进入缅甸达印度和巴基斯坦，再由巴基斯坦西北经阿富汗等中亚地区到达西亚、欧洲，此为古代连接南亚、中亚、西亚和欧洲的欧亚大通道。

另一条是“五尺道”，又称东线。也从成都出发，经僰道（四川省宜宾市）、朱提（云南省昭通市）、味县（云南省曲靖市）、谷昌（云南省昆明市）等地。后来又分为二线，一为循东南方向经秦汉以后的交趾（越南）进入东南亚，另一则西向至大理与“旄牛道”会合，以达南亚。

CHAPTER 1

缘　起·成都

漫天飘舞的飞叶在聆听墙头残瓦叙说城南旧事；淅沥迷茫的细雨在摩挲亭间兰竹抚奏昨夜星辰。不见朝服顶戴、红灯高悬，不见金锣簇拥、车马啸喧，这里只有平凡的百姓，静坐的老人，嬉戏的顽童，悠闲的私语，喧嚣浮华在熙来攘往中归于平静。

单挑全世界

再强硬的时钟来到成都也会变得像西班牙超现实主义画家萨尔瓦多·达利[①]的名作《记忆的永恒》中的钟表一样——瘫软无力。生于成都的女诗人翟永明说，这是一座城市的“慢”对抗全世界的“快”。这或许有些夸张，但“休闲之都”和“慢生活”已成为这个城市“甩不脱”的标签。

成都自古有一些雅号，例如很多人都知道的“蓉城”“锦城”，除此之外还有一个名字叫“龟城”。“龟城”源于古成都修建围墙时按照一头巨龟爬行的足迹而建，但是谁也没料到当年之名竟然暗合了今天这个城市关于生活的某些特质，如“慢悠悠”，如“安逸”，如“闲适”。它仿佛是用坚硬的“散漫”之壳来抵御这个快得连魂魄都赶不上步履的世界。

评判一个城市的文化，人们总会从其地缘环境入手，如成都平原之河网密布，土肥地沃，资源丰富，加上都江堰水利工程泽润千年，南方丝绸之路促成的东西方商业、文化的交汇，使成都成为鱼米之乡、天府之国和国际都会。自西周以来，成都经济持续发展，百姓安居乐业，生活闲散舒适，所以自古就有“少不入蜀，老不出川”的旧训。关于古成都，前有柳永之“簇簇歌台舞榭”“靓妆艳冶”“浣花溪畔景如画”等所描写的富庶、艳丽生活，后有苏东坡“珠帘十里卷香风”等词句点染锦里风流、蚕市繁华之景象，钞票最早发明于成都也就不足为怪了。

“胖娃胖嘟嘟，骑马上成都， 成都又好耍，胖娃骑白马， 白马跳得高，胖娃耍关刀， 关刀耍得圆，胖娃滚铜圆，铜圆滚得远，胖娃跟倒撵， 撵又撵不上，白白跑一趟。”想必上了年纪的老人都记得这首朗朗上口的成都方言童谣，很有地方特色。其实老成都的文化味儿，早已在民间从古至今积淀成深厚底蕴，自内而外散发着幽绵气息，滋养着这一方子民百姓。

要了解一个地方的文化，最简单的方式莫过于关注当地的生活——衣食住行，如其中的“食”就很有代表性和韵味儿。说到这儿，肯定会有人急不可耐地提到川菜、火锅等，其实那仅仅只是一个标签，成都人的舌头并非只用于吃，真正的文化是活生生的语言。例如在老成都，若有俩客人进得店内，一位白白胖胖的幺师[②]便会迎上来扯着洪亮圆润的嗓子喊道：“呃！中二靠上来客两位！吔！两位老板喃！稀客哟，好久没来照顾小店生意啰！”“哎呀，这不是来了噻，胖子，来半斤陈色，一个对镶，一份凉拌兔肉，再来个豆腐干拌花生米算啰！”“要得——”胖子又扯着嗓子将客人点的内容朝内堂重报一遍，话音未落，酒菜已经端上桌来。

四川人的语言风趣、诙谐、幽默，特别以成都人最为典型。成都人喜欢摆“龙门阵”，而且往往说得“有盐有味”，各种荤素段子辅以地方腔调常常令人捧腹。许多复杂的事物、深刻的道理，往往不直接点破，而是绕个弯儿，打几个比方，抖个“包袱”，说点歇后语，来个语意双关，往往获得精彩的效果。例如，以前经常说“耗子别左轮——起打猫儿心肠”，形容心怀不轨，“猫抓糍粑——脱不到爪爪儿”，指脱不了干系。成都话里形容那些说话厉害的角色，叫作“嘴巴嚼”“牙尖舌怪”，有能说会道、伶牙俐齿的意思，有时也指一个人强词夺理、尖酸刻薄，喜欢“洗刷”（讽刺、挤兑）别人。成都人骂人一般不会带脏字和粗话，常常给你来点形象生动的比喻，例如批评别人讲外行话，成都人会不紧不慢地说道：“你咋个吃苞谷面打呵欠——尽开黄腔哟！”

这种说话习惯和风格或许可以从成都出土的东汉“说唱俑”身上找到影子。这些小陶俑憨态可掬，收腰提臀、耸肩摆胯，有的左手挎小鼓，右手持棍子击打，抬起一只脚，眉弯眼眯嘴角上翘，仿佛正在口若悬河、眉飞色舞地说唱着什么。也许从那时起，言必有味、嬉笑怒骂、自成腔调的成都方言文化就已开始滋长发端了。

古蜀成都，悠闲之中不失文化风雅。从汉朝著名的卓文君当垆卖酒开始，到唐朝时成都已成为全国一流大都市，酿酒业兴盛，其投壶行令、击鼓传花等酒文化下的觥筹交错比今天桌上的推杯换盏高雅得多。此外，女诗人薛涛在咏叹之余，潜心研制浣花笺[③]，成为唐代笺中精品，为文人雅士用以题文写字的珍藏之物，即便当今小资情调也比之不及。到近代，休闲文化更朝大众发展，虽然没有今天这么多的娱乐花样，但是人们一样有自得其乐的方式，其中追捧者盛众的就有说书和川剧表演。在《成都掌故》一书中就有一段描写民国时期老成都街头情境和书场旧事的精彩回忆：

锦江河畔的茶座，成都望江公园，2010年。

川剧表演“变脸”，四川五凤镇，2013年。

川剧表演“吐火”，四川五凤镇，2013年。

一九四二年秋，一天傍晚，我在老朋友马胡子的陪同下，去锦春茶楼欣赏早已闻名而未曾目睹的“三子三绝”。为了提前到达书场，我们在少城小餐吃了一顿豆花便饭，饭后走出餐馆大门，但见西御街、东城根街、祠堂街一带，叮叮当当的私包车和黄包车如潮水样沸沸扬扬，涌向东城根街口的竹琴书场——锦春茶楼。一些穿着长袍、短衫、西装革履的军政士绅和文人名士们，纷纷走出车来，步入书场。包着白铜、黄铜车辕，撑着黑白绸子车篷的各种私车摆满街边。

这时，马胡子用肩头碰我一下：“刚下车那个胖子，是《国民公报》主笔谭剑之，他是夜夜必到书场的忠实听众。”

我问：“听说胡愈之、谢添也来听过竹琴？”马胡子点着头说：“有那回事。胡愈之来的那个晚上，是巴金陪着来的。”

老朋友的回答使我惊讶不已：贾瞎子的竹琴竟能有这么大的吸引力！我们边说边走向锦春茶楼。一辆黑色小轿车“嘎”的一声停在门口。从车上走下三个身穿蓝布长衫的人来，走在前面的是个虎背熊腰的大个子。马胡子偏过头对我咬了个耳朵：“嘿，冯玉祥！他今晚也来了。”

“啊？”……

直到马胡子拉一把，才回过神来。

如今成都的闲情，依然贯穿到人们工作生活的细节中。书场没有了，但是公园、茶楼、餐馆、酒吧和夜店，依旧是人们的娱乐“据点”。“喝茶”成为搓麻将的代名词，“K歌”成为酒桌酣战后转台的“保留节目”。商业场上的谈判桌也早已转移到酒桌、饭桌、麻将桌或者其他休闲娱乐场所。

当老外煞有介事地寻找机会“Kill Time”（消遣时间）时，成都人却在肆无忌惮地“挥霍时间”，过着“吃点麻辣烫，穿点新时装，打点小麻将”的安逸日子。

慢生活，一直是人们对成都这样一个休闲城市的定位和理解。

其实这些年，进入发展快车道的成都并未“闲着”。自房产开发、地铁开建、环路整饬以来，成都如同一片建设工地，热闹非凡。私家车保有量上升至全国第二位的成都，交通压力巨大，上下班出行高峰巨大的车流量和龟行的车速，让从容的成都人也变得焦躁不安。

天性悠闲乐观的成都人，即便是在躲避地震的帐篷旁边，也会摆上一桌麻将。震后的成都人，更懂得了及时行乐和享受生活。

不过，对于成都人来说，倘若没有麻将和美食，他们的生活或将失去诸多乐趣和色彩，与其在乏味中抵抗不如缴械投降了。

注释：

①萨尔瓦多·达利（Salvador Dali，1904—1989），西班牙超现实主义画家和版画家，是一位具有非凡才能和想象力的艺术家，以探索潜意识的意象著称，与毕加索、马蒂斯一起被认为是20世纪最有代表性的三个画家。

②幺师，四川方言，对饭馆服务人员的称呼。

③浣花笺，古笺纸名。笺，一种小幅华贵的纸张，古时用以题咏或写书信。传说唐代薛涛家在四川成都浣花溪旁，以溪水造十色纸，名“薛涛笺”，又名“浣花笺”。

舌上江湖

到过成都的人，喜谈“两美”，一为美人，二为美食。城池之内，江湖之上，自古以来食为天大，不妨先聊由“舌”而起的百姓愉悦。

成都人爱美食，深入骨髓，外地人爱成都美食，发自肺腑。

“好吃嘴”与“吃货”们口口相传的力量是无穷的，成都美食之名竟然漂洋过海传到了英国首相卡梅伦的耳里。2013年，卡梅伦出访中国，前脚还未出门就说要撮一顿成都火锅。

成都人是活在舌尖上的。舌尖上的中国，如果少了成都味道怕是说不过去了。

大凡中国文人，即便其文章读之索然无味，但若关于成都美食，必然活色生香“味道长”。即便是罗列几个普通小吃、配料的名字，也能让人喉舌滑动，口水打转。

成都美食主材简单，作料丰富。一碗粉，可以是又酸又辣又麻又香的酸辣粉，可以是闻着臭吃着香的肥肠粉，可以是肉质酥软、汤汁鲜香的牛肉粉；一碗面，可以分鳝鱼面、回锅肉面、烧肉面、圆子面、炸酱面、排骨面、牛肉面、鸡汤面等，调料主要有辣椒红油、花椒、麻酱、香油、芝麻和醋，面馆还提供免费的一碟香脆可口又解油腻的“洗澡泡菜”[①]；又如简单的一碗豆花，配料有熟油辣子、葱花、大头菜颗粒、炒黄豆、味精、盐等，沿街叫卖的豆花贩子从红漆木桶中将雪白的豆花舀入小碗递来，温热鲜嫩，红白相间，葱香扑鼻，无不让人食欲大开。即使是众所周知的火锅，也是可以分出老灶、串串香、冷锅等各种类型，按食材又可分为泥鳅、鳝鱼、鱼头、鹅肠等，可谓品种繁多。

不可思议的是，这些食材并不奢华的民间美食，反而成就了那些味道江湖中的“牛店”神话，并常为食客们津津乐道，如“最牛面馆”只卖半天就收摊，“最牛串串”的座位需要提前一个月预定，“最牛羊肉馆”只营业半年，剩下半年时间老板在周游世界……

成都的饮食文化也是独具特色，初来乍到的外地人常会新奇于不少店名都喜欢以姓（名）开头，而且做成了独家招牌，如“张鸭子”“钟水饺”“赖汤圆”“麻婆豆腐”“龙抄手”等。

成都人喜欢用嘴巴投票。自“湖广填四川”开启的移民大潮后，成都建立了众多会馆，成都已成为汇集各地文化精粹之地。会馆相当于各省“驻蓉办事处”，另外也是兼具看戏、品茗、喝酒、宴请等诸多功能的社交聚会场所。通过会馆交流，东南西北各大菜系在成都可谓百味争艳。成都人本就爱美食，浸淫其中，见多识广，口味也就跟随眼界的开阔逐渐刁钻起来。就拿今天的成都人来说，味道胜于排场，新开的餐馆即便在繁华街区，即使装修豪华，只要不是食客的那盘“菜”，就是九牛二虎也拉不回来；而只要味道“巴适”（成都话，很爽的意思）即便是在巷道郊外、陈设简陋的“苍蝇馆子”（成都话，类似路边小餐馆、大排档），无论骑三轮车的，还是开豪华轿车的食客们，都会趋之若鹜。

成都人喜欢用嘴巴快意人生。曾经一段时间，下班途中风靡收听“飞哥”“兰妹”主持的推荐成都各地美食的电台节目，说得“油爆爆”（成都话，原指锅中爆炒的状态，后延伸为够味、劲爆的意思）的，让本就饥肠辘辘的开车人，更是恨不得一脚油门踩到双流县吃正兴泥鳅、啃老妈兔头，直奔那些节目中不断挑逗味蕾的各大美食据点……每年冬至，所有餐馆的羊肉价格均会一路飙升，近年更是卖到近200元一斤，“吃货”们即便心头滴血、心中骂娘也经不住美味的诱惑，非要过足嘴瘾。此外，在繁华的春熙路上常会看到一道道胜景——美女们一手提着大包小包的“血拼”战果，一手捏着几支裹满红色辣椒粉的羊肉、鸡翅烧烤串，穿梭在如织人流中一边左顾右盼，一边细嚼慢咽；在热气腾腾的火锅店里，无论男女老少，都头冒热汗，忽而嗨哟（成都话，指很欢快的意思）地大快朵颐，涮着“辣乎乎”的火锅，喝着“爽歪歪”的啤酒，哪管什么阳春白雪和优雅做派，所谓快意人生也不过如此吧！

特别是那些“吃货”们与成都分隔数日后，外地纵有“千般”“万般”好，胃中若无红油重味的滋润，心头必然像被“猫儿抓”一样，整个人儿变得坐立不安、魂不守舍。即便是熬到回家的那一刻，走下飞机也是云里雾里、恍兮惚兮，也只有当他（她）们一口咬下那油汪汪的、已经在脑海里涌现过无数次的麻辣美食时，焦躁得以安宁，魂魄才算归体。

在成都，美食已经成为一种境界，让人们享受着有滋味的生活；在成都，美食已成为一种媒介，它拉近了人与人之间的距离，联络了感情，经营了关系，办成了事情。不过，满足口腹之欲或许只是前戏，成都人的夜生活才刚刚开启……

这便是成都，桌上有乾坤，舌上是江湖。

注释：

①洗澡泡菜，是四川家喻户晓的一种佐餐菜肴。“洗澡”形容时间短，一般泡一到两晚即可食用，口感脆生，味道咸酸，色泽鲜亮，开胃提神，醒酒去腻，选料多用萝卜、白菜、青菜等。

绿夏

成都的八月，依然暑气旺盛。正午时分，赤乌像着火的凤凰，掉落的残羽化作炎炎烈焰，把大地烤得滚烫，我们不得不钻进一间正在营业的咖啡馆。

成都人的休闲文化，除了以中老年人为代表的坐茶馆、听川戏外，年轻人多喜欢泡吧。三三两两围坐一起，一张桌子几个沙发，要么闲聊谈天，要么把玩手机和平板电脑，刷微博，发微信，自拍，看剧听音乐，带了单反相机的还拉一两个帅男美女摆POSE，或忧郁，或沉思，秀一秀文艺范儿……

一个下午也就如此而已，要么一个人宅着，要么一群人宅着。

窗外，可以看见绿蔷薇爬满了整面红砖墙。这个名叫“U37创意仓库”的地方，与“东郊记忆”——东区音乐公园风格比较类似，都是用废旧厂房、仓库改造而成。这一方式最早源于北京的“798”艺术与商业群落。旧建筑凝固着岁月和历史，是用金钱购买不到的，再注入现代时尚元素和文化，如咖啡馆、西餐厅、厨艺馆、小影院等，新与旧的结合，厚重古朴，另类而有新意，对于年轻人来说显得新奇而有个性。

窗台上一盏盛水的金鱼缸里栽着绿萝和红掌[①]，一群绿叶簇拥着两片红如火焰的叶形苞片。绿色养眼，红色提神，两者相得益彰。

一个高挑、身着白色连衣裙的女孩背着小包推门而入，走到靠窗边的位置坐下，要了一杯巧克力沙冰便独自看起书来，青涩、豆蔻之影，像一株安静的绿萝。

青春的花开花谢让我疲惫却不后悔
四季的雨飞雪飞让我心醉却不堪憔悴
轻轻的风轻轻的梦轻轻的晨晨昏昏
淡淡的云淡淡的泪淡淡的年年岁岁

——沈庆《青春》

懵懂、单纯、洁净的青葱岁月早已一去不返，所谓“致青春”不过是集体狂欢下的青春祭奠。在影视剧和娱乐泛滥的年代，少男少女多以成熟的面孔和言行示人。这个地方，或许适合他们在一起探讨时下流行的话题，抑或聊发人生感叹。不过与常人不同的是，她的手里还握着一支笔，低眉思索之时不忘勾画着什么。近身过去，只见那本书的页眉处印着“世界文学读本”几个字，我不由惊异和敬佩起来。小小年纪，在这个被功课、奥数和考分压得透不过气来的“小时代”，还能如此专注于文学的阅读？看她的穿着和使用的手机，家里应该条件不错。为什么还会跑出来躲到咖啡馆看书呢？更不像是约会，因为在她的眼神里，只有那一本书，绝没有等待中的心不在焉和四处张望的焦虑。

午后斜阳，酷暑的气焰有所收敛，她也合上书本，推门而出，白色的身影消失在明亮的光线里，我的疑问像一只鸟儿，尾随而去却撞上闭合的玻璃门，“吱呀”一声弹了回来。

窗边的绿萝，依旧翠色欲滴。

注释：

①绿萝，又名黄金葛，大型常绿藤本植物。常生长在热带雨林的岩石和树干上，可长成巨大的藤本植物。绿萝的花语是坚韧善良。红掌，又名安祖花、火鹤花，天南星科花烛属。原产于南美洲的热带雨林地区 。喜阴忌晒，有佛焰花序，色泽鲜艳华丽。红掌的花语是大展宏图、热情、热血。

成都 | U37创意仓库

成都的八月，依然暑气旺盛。正午时分，赤乌像着火的凤凰，掉落的残羽化作炎炎烈焰，把大地烤得滚烫，我们不得不钻进一间正在营业的咖啡馆。就在窗边女孩转过身来的那一刻，我举起了富士X100S相机，轻轻摁下了快门。

浣花之红

青灯渺渺，一双鲜藕如玉的手，在一种名叫“笺”的散发幽香的小纸上写下诗行。再经邮役千里传书，送达京城，被少数有幸得到此物的人悉心珍藏。

据说，这种“笺”由“浣花溪的水，木芙蓉的皮，芙蓉花的汁”制作而成，经一次次涂刷，通体深红，有小花瓣撒落于上，再经叠压阴干成纸。如此文艺小资的精雅纸品，发明自一名奇女子，她就是史上颇负盛名的成都美女诗人——薛涛。

谈论一座城，总绕不开一个话题，那就是城里的人。而女性作为“半边天”，往往又会成为关于人和两性话题的焦点。“成都粉子”是四川男人，确切地说是成都男人对成都美女的“爱称”。成都多美女，但是“成都粉子”并非都是土生土长的本地人。

薛涛，出生于唐代的京城长安，后来随父母入川到成都定居，终其一生。这位客居的成都美女天资聪颖，从小习晓音律，诗文和书法的造诣更是让人惊为天人。“别后相思隔烟水，菖蒲花发五云高。”连元稹[①]、白居易、杜牧、刘禹锡、张佑、王建等当时诗界的大腕们都是其铁杆粉丝，当他们路过四川与薛涛相识后，回到府上还“恋恋”不忘。据说元稹曾经写过一首《寄赠薛涛》的小诗，以优美文辞大赞其细腻肌肤和姣好容颜，对其才思敏捷、不让须眉的内涵更是不遗余力地称颂。一代红粉佳人，至高境界莫过于此吧。

自汉代卓文君与司马相如当垆卖酒，开启浪漫酒家风气后，美女在成都酒业中扮演着不可或缺的品牌形象和文化传播角色。醉翁之意不但在于酒，更在于美女。扑鼻的酒香中，她们轻盈挽袖，露出莲藕玉臂，用簪花之手，巧兰纤指捏起一只小竹酒筒，从陶瓷大酒坛中舀出一勺酒来，再缓缓注入酒樽中，递至客前。看曼妙的身姿，听软语脆嗓，如何不叫那时酒客如痴如醉，换做今人也无不神往。难怪唐代诗人李商隐也闻讯而来，曾经独自一人在成都街头闲逛，或者用今天的成都话说叫“打望”[②]，一边品酒一边欣赏酒家、酒坊中的美女，乐此不疲，流连忘返，还赋诗一首，感叹道：“美酒成都堪送老，当垆仍是卓文君。”

从湖广填四川到今天人口的迁徙、交汇，成都在迈向国际田园都市的理想进程中，早已融合了不同历史、民族文化的血统。

成都作为较早的内陆通商口岸，自然其开放度在西南之地较高，这也促成了成都女性在思想上更加独立，意识上更崇尚自我。江南水土的滋养和麻辣文化的浸润让成都美女在温婉姣好的面容下，包藏着一颗火辣敏锐的心。与重庆妹子的直率和果敢不同，成都妹子即便是怒火焚心也面不改色，几句娇柔软语从她特有的成都腔调的小嘴里“蹦跶”出来，要么让你丢盔弃甲、自惭形秽，要么刀刀剜心却让你受用无比。

成都人的爱称里还有一个“幺”字。俗话说：“皇帝爱长子，百姓宠幺儿。”“幺妹”也是对美女的一种昵称。排行最小或者年轻时尚、相貌姣好的妹子总是得到更多的关爱。同时“幺妹”也有“妖媚”之意。“妖”在今天不再是贬义，而是妖娆、时尚和魅力的代名词，这更显示了今天人们对于女性的审美特点，就是要女人味十足。当然，对于今天追求个性的“粉子”们，更延伸演绎出典雅、灵动、萝莉、文艺、清新、妖艳、卖萌等潮流之“范”。

因美女而“逆袭”的草根，历史上有名的当是汉代“文艺青年”司马相如了。他以一曲《凤求凰》“钓”到邛崃大盐铁商的女儿卓文君。用当今世俗的说法，卓就是“富二代”“白富美”。为了改变司马相如“家徒四壁”的经济困境，卓文君不惜借资给他开了间酒坊，还自甘为“酒吧”服务生。佳人爱慕才子，一时传为千古佳话，美人以身相许还自带嫁妆，更为后世男人艳羡不已。

在文艺小清新和娱乐重口味大行其道的今天，“粉子”们也是萝卜白菜，各有所爱：扮相俊秀的花美男，拿捏情调的老男孩，甚至是女扮男装的“假小子”，当然还有老少通吃、口舌油滑的“痞子男人”，因为坊间有句话叫作“天不怕地不怕，就怕流氓有文化”。

时代在变，人也在变。面对都市中的红男绿女，谁也不敢说阅人无数、洞若观火，我们的谈论也不过是管中窥豹，所知一鳞半爪而已。但无论如何，还是那句老话，若少了真与善，又何从谈美?

注释：

①元稹（779—831），字微之，唐洛阳人（今河南洛阳），是新乐府运动的倡导者和中坚力量，与白居易齐名，世称“元白”，诗作号为“元和体”。有《元氏长庆集》60卷，补遗6卷，存诗830多余首，收录诗赋、诏册、铭诔、论议等共100 卷。

②打望，重庆、四川方言，本指观望、观看某事物，后延伸有“看美女”的意思。

成都 | 宽窄巷子

过去的老巷子，今天变身为时尚的休憩地，无论青年男女，还是妇孺老人，都能在这里享受自己的慢生活。时光总是从人们的身边悄悄地溜走，就在你举手投足的不经意间，让旁观者何尝不在感叹当年昭华已恋上新人的粉帽云鬓。

老茶馆 遛鸟人

在与时光的对峙里，我们终究放下抵抗。

一

俗话说："家有一老，如有一宝。"家中有个老人，心里总会感觉到踏实。虽然老人老矣，做不了什么活，但是岁月的厚重和积淀，让老人的存在自然而然地为一个家支撑起抵御风雨的精神屏障。有老安在，让家安心。文化亦然，虽然欧美"列强"社会文明高度发达，但是那些见证中世纪一度繁荣的古老建筑依然挺立至今。文化之"老"，难以复制和效仿，没有时间的窖藏，无法酿造出迷人的芬芳。

四川是我国也是世界上种茶、饮茶的发源地，成都也就自然成为茶文化的中心。古往今来，发展巨变，成都人喜欢喝茶的习性没有改变，倒是喝茶的场所与时俱进了。以前露天坝下，摆上竹椅方桌，人声鼎沸，茶香氤氲，手搓麻将稀里哗啦，热闹非凡。当然也有摆卖茶水几十年的老茶馆，茶客们三五一桌、四五一圈围坐在昏暗的灯光下，看着电视自得其乐。如今，除了几个公园还有露天茶社，几个郊区小镇还有大隐于市的老式茶馆外，人们都涌向了装修现代、条件舒适的茶楼。

老茶馆，其韵味在其"老"，它年月老，茶客老，茶馆中的器具家什老。除了在西昌礼州我拍摄过老茶社，其他地方，特别是成都，很少能看到老茶馆了。

四川拍茶馆的摄影家很多，其中最有名的是陈锦老师。在他出版的《四川茶铺》等摄影集里面，很多拍摄于二十世纪八九十年代的老茶馆、茶铺。然而，等到我们再想去拍这些题材时，看着满目的钢筋水泥世界，只能望着车水马龙的街市兴叹生不逢时了。

一次得闲，邀约友人，造访了目前依然健在并营业的老茶馆——双流彭镇老茶馆。它就像幸存于世的茶馆文化的“活化石”“活标本”，成为不少摄影爱好者心中久久无法抹去的人文情结。

老板和老板娘倒也客气，只要我们交了几杯茶钱就任由我们去拍了。唯一遗憾的是我们来得不是时候，因为老板说人最多的时候是清晨，拍出来场面更壮观。看来拍的人多了，连老板也有经验之谈。不过人少有少的拍法，看着斑驳的墙上还粉刷着毛主席的红色头像和具有“文化大革命”特征的标语，让人感觉似乎回到了过往的年代。

几个锡壶在煤炉子上“咕嘟咕嘟”地响着，壶嘴吐着白色的蒸汽，茶馆老板和老板娘忙着倒水、掺茶，我们也忙着在茶馆里换着角度拍得不亦乐乎。

等我们拍完了，几个人也开始围着一张桌子喝茶聊天，甚为惬意。

不过令人惆怅的是，这间老茶馆，总有一天也会湮灭在时代滚滚向前的烟尘中。

二

初秋的一个周末，我带了相机，来到望江公园里的茶园。上午，喝茶的人还不太多，因为树木繁茂，其间的茶座光线很暗，于是我走到临河的一边，这里空无一人，敞亮的场地里静悄悄的，只有几把竹椅，没多久，就有一群人吆喝着上桌搓起麻将，“哗哗”的搓牌声随之将这里变得热闹起来。

据说这里有一口薛涛井，却无从寻找，只有府南河水静静流淌。府南河已有2300年的历史，然而20世纪60年代以后因为一些原因导致水质变坏。从1987年开始，这座城市进行了五年的论证和五年的实施，开展了总投资达27亿元的府南河综合整治工程。它的治理成绩被联合国颁予“最佳范例奖”和“联合国人居奖”。

我对着几把竹椅选了不同的角度拍下几张，试着将几个雕刻着云纹的廊柱用作构图元素，以呈现成都的历史人文气息，而老式的竹椅和麻将桌又显示了现代人休闲的生活特质。

有时，在一些老茶园里还会碰见提着各种鸟笼的遛鸟人。一个周末的早晨，我一边拍摄路边的街景，一边打听临河的老茶园位置，有个戴着草帽的老人说跟着他可以到那儿。在老人的带领下，穿过街道、小区和杂草丛生的土路，七拐八拐来到河边，看见几个蓝色的塑料油布被绳索拉伸绷紧，固定在几棵大树间，形成一个简陋的棚子。由棚子围成的茶园名叫“野猪林”，在这里喝茶，两元一杯，一个水壶，可以从早喝到晚。

摇着蒲扇喝茶的陈大爷说“野猪林”为茶客和遛鸟人的戏称，有10多年历史，原为老厂为职工开辟的活动园地，现在已经自发形成一个鸟市。一般上午6点多，茶客和遛鸟人陆陆续续汇集于此，直到近中午才回家。人们可以在这里喝茶、聊天和交易、观赏鸟儿。

据陈大爷介绍，他养的是小巧文静的紫燕，其他的鸟还有画眉、白灵、四喜等品种，价格从几十元一只到几百元一只不等，有的鸟以鸣叫为主，有的以打斗见长。

茶园、鸟市以老年人居多，他们生活悠闲，心情愉悦。老人说其他鸟市如青龙场、黄田坝等地，大多是做鸟的买卖，完成交易就走人，不像这里可以喝茶交友、谈天说地。不过，这种茶园现在成都已经不多见了。

少城，那远去的背影

活在地球上，我们从一座城辗转到另一座城，为了所谓的理想。

在我们的一生里，随时光流转，一段岁月承载着一座城的念想。

一

老北京的胡同多，老上海的弄堂多，而老成都则巷子多。

如今城市中留存的老巷子，已经是凤毛麟角，而那些巷子的陈颜旧貌也只能到记忆中寻找了。

说起老巷子，成都最有名的当数宽窄巷子了。宽窄巷子的修筑并非源于本土文化，经打造一新后却成为向外展示的成都名片。从中国建筑历史上看，宽窄巷子堪称川西民居的典范。康熙五十七年（公元1718年）清廷动员全川力量修成都城，在城西建满城，以驻八旗兵丁，满城当时亦称少城、子城。宽巷子居住满族文武官员，窄巷子则住满族士兵，等级森严，汉人严禁入内。八旗子弟在宽、窄巷子分到了一定数目的田宅。由于八旗子弟生活闲散，追求享受，使这个区域成了今天成都休闲文化的发源地。

记得多年前一个周末之晨，我搭乘5路公交车至同仁路口，穿过一条正在施工满是断砖碎砾的街道，窄巷子那绿底白字的路牌很容易辨认出来，背面不远并排的便是宽巷子。迈入窄巷子，巷道确实较窄，仅可以过一辆小车，路上行人很少，时有骑车人踩着铃声匆匆而过。两边是青黑肃杀的砖墙，沉寂无语却又触手可及，虽经百年风雨，仍森森屹立。也许这里曾经是清朝时屯兵要地，建筑在门廊、檐角、纹理、饰图等方面都较为朴实、简单，甚至是隐秘的，有的地方已经残破不全，唯有屋檐上的青瓦窥探着这条巷道的游人过客。梧桐飘叶，轻落瓦间，犹如老人的两鬓霜斑。行走其间，短短百米，思绪已穿梭百年。昔日兵马涌动、红缨挥舞，至此已是烟消云散、尘埃落定。

宽巷子毕竟是达官显贵之居，街道宽度可以同时容纳两辆小车并行，两边还有可供行人自由走动的便道，依稀种着法国梧桐。住户的大门虽然难见昔日的华贵与气派，也有不乏残缺的墙面，但从门庭结构和砖墙雕凿、花案涂饰上看，仍然折射着贵族门第的非常气宇。朱门紧闭、庭院森森，石狮静守、虎叩哑然。藤蔓蜿蜒壁间，藓苔墙脚伸展，几枝桃杏，风间摇曳。若是春秋时节，晨光熹微，行走在巷子里，别有一番意趣。那漫天飘舞的飞叶仿佛在聆听墙头残瓦叙说城南旧事；其淅沥迷茫的细雨似乎在摩挲亭间兰竹抚奏昨夜星辰。不见朝服顶戴、红灯高悬，不见金锣簇拥、车马啸喧，这里只有平凡的百姓，静坐的老人，嬉戏的顽童，悠闲的私语，喧嚣浮华在熙来攘往中归于平静。

也许是探古寻幽的人较多的缘故，这里出现了一些卖古式器皿、木具的小商店，因为时常有老外的光临，路边不乏一些小店自制的英文标牌。那天我见到一个脚穿解放胶鞋、头戴墨镜的老外品茶，一副悠然自得的模样。事实上由于年久失修，宽窄老巷子不仅建筑大多已十分破败，而且由于外来人口的涌入，昔日的四合院已经变成了大杂院，全然少却了满城的皇族气势，徒增了岁月刻下的斑斑残迹。

巷间漫步，思绪时而停滞流连，时而飞驰神往，用相机凝固一个个永不再现的瞬间。在巷子中闲庭信步，心是平静的。难怪柯灵[①]在《巷》中感叹："巷，是人海汹汹中的一道避风塘，给人带来安全感；是城市喧嚣扰攘中的一带阔天幽境，胜似皇家的阁道，便于平常百姓徘徊徜徉。"

巷子，历尽岁月沧桑，积淀历史久远。

二

2003年的夏天，"非典"逐渐平息下来，带着一种对历史遗迹的崇敬，我选了一个清凉的早晨，独自探寻那未曾谋面的老巷子，仿佛是在小心翼翼去拜访一位大隐于市的老者。

少城，位于闹市中繁华地带，离天府广场不算远，宽窄巷子与普通民居混迹一隅。然而，在这里没有车流人群的喧闹嘈杂，习习微风掠过灰瓦青墙，婆娑树影在晴空下舞弄凉意。偶有骑着自行车的路人，一阵碎铃划过，消失在巷子拐角。

建筑，经过多年的岁月打磨，砖墙色泽更加显得深灰如碳，有的地方墙身外壁斑驳，脱落残缺。窄巷子里住的毕竟是普通人家，可以说是当年的贫困户，因此，年久失修，陈旧破败自是常事。宽巷子，据说曾经富贵权贾云集，今天仍可见朱门华美，雕饰精致，门前石狮蹲守，虽不张扬，倒觉内有显赫的神秘气象。

茶馆，老旧的木桌、竹椅，上了年头的茶具，每一个物件，都隐藏着一段不为人知的历史和故事，无论哪一个导演，要拍成都的过往岁月，在这里一定可以找到时间遗留的残片。

老人，喜欢坐在堂屋门口，脸上的皱纹，如同青灰墙面上的道道砖痕，细数着早年的记忆，发梢青丝已如雪。烟，吞吐而出，在缭绕中和风而散。

小店，卖些杂货、小工艺品。简陋的木牌上不太规范的英文词句，像梵文，是专门示意给外国友人的“广告”。其实，能来成都的老外，大多已经能说汉语，甚至是颇有些地道的四川话。

老外们就像城里人到了乡下，不稀罕什么高档与豪华，反倒是那些没受都市文明“污染”的土旧东西让他们欣喜万分。

如今宽窄巷子已经成为成都的一张“名片”，经过精心打造，焕然一新。面对散发着时尚气息的新巷子，会不会也有人像一位台湾学者所感慨的，“人们千里迢迢前来凭吊的是那一片古老的残迹，而不是那一片新建的‘古迹’。凡是具有时间的深度的东西，都应该以无比虔诚的心情保留下来”。

记忆中的宽窄老巷子，如同停留在错位的时间序列里，让我们还有静心思考的狭小空间。然而，如果还像当初那般故地重游，站立其间，恐怕历史遗留的清凉气息早已逐渐稀释殆尽、缥缈远去，冥想间可以聆听的，只剩下少城外那无比熟悉的车鸣人语。

注释：

①柯灵（1909—2000），原名高季琳，笔名朱梵、宋约。原籍浙江绍兴，生于广州。中国电影理论家、剧作家、评论家。

遥望布拉格

在人们的心目中，提到巷子的现代文学作品，著名的莫过于戴望舒[①]于1928年发表的成名诗作——《雨巷》，那种由巷子引发的忧伤情愫，感染着不同时代的中国人。

一直很想搜索国外一些关于老巷子成功改造的报道或资料，可是找了半天，除了几个同胞写的游记，聊发的感叹之外，毫无所获。或许国外对古老的遗迹没有那么刻意去“保护”“开发”或“改造”，无论是在电影或是电视里，一些欧洲的古老建筑大多保持着原貌，没有标牌和广告。即使是修缮和维护，也是遵循“修旧如旧”的原则，没有明显的再造痕迹。

在国内，当我们走在重新开放的巷子或者打造后的古镇里，人流如鱼贯穿梭，男女老少都以一种新奇的眼光打量着这些翻新后的街巷。经过精心设计的指示牌、前卫的广告画、灯光绚丽的商店橱窗、花花绿绿的霓虹灯，点缀、布局在街道左右，无时不在提醒着翻新后的“时尚”和“新潮”，然而当人们对张扬的灯光和“洋味”的包装审美疲劳过后却只剩下木然的表情。

有人说国内古镇的改造大多仿照丽江的“成功经验”。我去过两次丽江，“古”意残存，“商”气甚浓，或许人们到这里不再是为了凭吊过往，仅仅是晒晒太阳、放松心情罢了，抑或是意淫一下柔软时光里的一场私房“艳遇”。

相比国外，人们对当地的老巷子又有什么样的感受呢？一个网友在捷克布拉格的旅行游记中写道：

“布拉格是一座适合步行漫游的城市，你可以信步在那迷宫一般的巷子里穿行，你可能会迷路，发现走了一圈又回到了原地，但是你永远不会觉得乏味，整个老城的建筑多为巴洛克式，用料考究、精工细作，几乎找不出一幢与传统风格格格不入的所谓现代建筑。而每幢建筑又略有不同，颜色有粉蓝的，

粉绿的，粉红的，让人感觉像是到了童话世界，但最多的还是红顶黄墙的建筑，这也就是为什么布拉格又被称为‘黄金城’。”[②]

看来不能低估一个民族传统文化的生命力，国外那些沉淀着历史的巷子正因为有了文化的传承而保持着鲜活的生命力。其实布拉格的巷子除了它独有的建筑外，还有因袭多年的音乐氛围，它们如灵魂般滋养着那片古老的土地。在布拉格的巷子里随处都有音乐会，街头散发的广告也多半是有关音乐会的，当地人每天最普遍的娱乐活动便是赴音乐欣赏会。这些音乐会，都是演奏大音乐家如莫扎特、贝多芬、威尔第、肖邦等人的作品，水准堪称世界一流。游客们只需花费约合几十元人民币坐到教堂、音乐厅里，不用穿晚装，也不用打领结，就可以聆听一席巴洛克风格的天籁之音。然而，在我们本土的老巷子，除了引进的“酒吧文化”和“商业店铺”，我想不出还有什么可以玩味的新品。也许这样的概括，有失偏颇，毕竟一个巷子的功能是多样的，在其他人眼里，这样的变化，不失为一个新的尝试，古典和时尚，不可能完美统一，不然，经典和潮流，也就各无市场了。

萦绕在城市上空，以时针为节奏的现代氛围，似乎正用一种无形的力量催促着古老遗迹也套上新潮的外衣，迈着蹒跚之步紧跟这个忙碌的时代。

诚然，一个历史悠久的城市，当其文化得到尊视、呵护与保存，艺术氛围得以滋长浸润，现代文明

又与之完美交融，在醇厚的底蕴下散发的将是无比诱人的优雅清新之气，令人陶醉，流连忘返。难怪网友“跳跳鱼”在其博文《当你低头的瞬间——布拉格行记》中不无留恋地写道：

“我穿行于布拉格大大小小的街道中，青石板铺成的路面闪着光。我在时间与石头织成的梦境中，去寻求空灵、缥缈，也寻求本质、实在。我惊讶地发现，这个古老的可以忘年的城市，竟如此青春亮丽，恰似《睡美人》[3]中的公主，在王子一吻之下复苏了，那些经年的岁月仿佛从来没有存在过。纵然有些过往岁月的痕迹，那也是更增添了她的风韵。”

我希望有一天，能在自己的国度看到有人写下同样美好的记忆。然而这样的愿望在“开发”盛行和“打造”文化方兴未艾的今天，实现的可能恐怕会越加渺茫了吧。

注释：

①戴望舒（1905—1950），又称“雨巷诗人”，中国现代派象征主义诗人。

②引自《冷暖布拉格》，乐途旅游网，2005年10月12日。

③即《林中睡美人》，在《格林童话》中称《玫瑰公主》，是一则经典欧洲童话。

百变门神
川剧变脸，闻名天下。
作品将变脸艺术和门神传统造型结合，
赋予门神百变的形象。

成都 | 宽窄巷子

将神像贴于门上，用以驱邪辟鬼，卫家宅，保平安，助功利，降吉祥，门神是民间最受欢迎的保护神之一。贴年画门神的风俗在城市里已经没有了，逢年过节在乡村里或许还能见到。宽窄巷子的“百变门神”将木雕和川剧变脸的理念融合在一起供游人观瞻。

柬埔寨与丝路

最早知道柬埔寨是因为小时候在电视里经常听到关于西哈努克亲王的报道。后来逐渐了解到关于红色高棉（柬埔寨左派势力）血洗柬埔寨的介绍，在其3年多统治期间，据估计有40万至300万人死于饥荒、劳役、疾病或迫害等非正常原因，被称为20世纪最大的人为灾难之一。柬埔寨虽然贫穷、落后，但蕴藏着丰富的文化和历史瑰宝，近几十年来随着各类学者、艺术家、探险家、旅行家的频繁光顾，柬埔寨热持续升温。

据史料记载，柬埔寨是南方丝绸之路、海上丝绸之路的必经之地。柬埔寨古称扶南、真腊，是历史悠久的文明古国，也是东南亚地区最早同中国建立经贸关系的国家之一，自古以来一直是中国的友好邻邦。中国和柬埔寨的正式经贸交往自公元1世纪便已经开始，此后一直延续至今。在开展贸易的同时也伴随着大量的文化交流，如建筑、雕塑、佛教等。另外古代柬埔寨的音乐舞蹈十分发达，以"扶南乐"闻名于世。柬埔寨的音乐舞蹈曾通过多种渠道传入我国，丰富了我国文化宝库和人民的精神生活。

海上丝绸之路（公元前1世纪—1840年），又称"香料之路"、"陶瓷之路"，是陆上丝绸之路的延伸，起源于汉代，随着唐、宋以后中国造船技术高度发展，中国和印度、波斯、阿拉伯的商船便经常往来于南洋和印度洋之间，频繁地进行航海贸易。中国的丝帛、瓷器、陶器、铜器等输出到欧亚非，换回珠宝和香料等奢侈品。

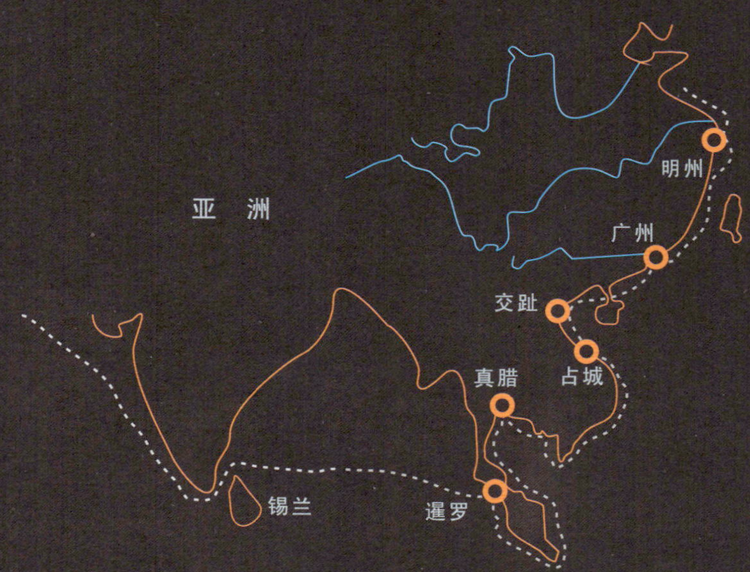

CHAPTER 2

发　见·吴哥

与埃及相同的是，他们的“奇迹”建筑也均是用石头创作而成，埃及人在沙漠中创造“山”的神话，高棉人则在丛林中制造“城”的传奇。在埃及，狮身人面的斯芬克斯是一只残酷的魔兽；在吴哥，高棉的四面佛是一位神秘微笑的天神。

雨中吴哥，柬埔寨，2011年。

独闯秘境

梦想并不奢侈，只需要勇敢地迈出第一步。

阿兰·德波顿在《旅行的艺术》中说："如果生活的要义在于追求幸福，那么，除却旅行，很少有别的行为能呈现这一追求过程中的热情和矛盾。不论是多么的不明晰，旅行仍能表达出紧张工作和辛苦谋生之外的另一种生活意义。"

去吴哥是我第一次个人出境自由行，做个孤独的背包侠，为了寻找紧张工作和辛苦谋生之外的另一种生活意义。一个人在路上，享受摄影和旅行的乐趣，一直是我这种职场中人的梦想。

为了筹备这次旅行，我提前几个月就开始做起了功课。在网上查找吴哥旅游的各种攻略，买了一本《孤独星球》系列中专门介绍柬埔寨的册子，大体了解了相关历史和吴哥各个景点的介绍。因为是自由行，需要提前预订当地的租车服务。通过电子邮件咨询了几个报价后最终选择了一个名叫小杜的人，因为他的报价适中，又懂中文（后来知道他是广东潮州后裔）。临行前的一个月里，我办理完一切出境手续和航班酒店预订，在兴奋与忐忑中等待出发。

2011年9月5日，当我坐上从成都直飞暹粒的MU2217航班，看着巴蜀山水渐渐远去，思绪开始飞向那个密林中的神秘国度……

出门旅行的中国人太多，同一个航班上我碰见了成都的一对退休夫妇，两个结伴而行的学生妹子，还有几个来考察旅游线路的四川乐山美眉。除了学生妹是自由行外，其他人都是跟团。两个小时后到达

皇家浴池（SRA SRANG）日出，柬埔寨，2011年。

捕鱼虾的男孩，柬埔寨，2011年。

暹粒机场，过境，填单，兑换当地瑞尔纸币……

然而，当我走出暹粒机场，接机人了无踪影，陌生的世界，通讯中断，孤立无援，给我的激情梦幻之旅泼了第一盆冷水。最终我花了两美元租了一辆摩托车，第一次用中式英语与柬式英语交流，在双方似懂非懂的交流过程中，我抵达了预定的酒店——吴哥王子酒店。

我曾经在高寒缺氧的可可西里能够安然无恙，出人意料的是，在结束吴哥之旅的倒数第二天晚上，我为独自旅行付出了代价——病倒了。回顾那几天的旅行，我背着沉重的摄影包和三脚架，为了抓拍到日出日落而起早贪黑；为了选择较好的拍摄角度，我在丛林和神庙古迹中亢奋地穿越攀爬。我的体力已经严重透支，加上当地时而烈日时而暴雨的多变天气，身上的衣物在一天中被雨水、汗水浸湿了不知多少次，最后终于招架不住，勉强看完吴哥窟，人已摇摇欲坠，不得不取消了洞里萨湖的行程。全身乏力的我，一回到酒店便倒床不起。至今我都记得孤零零一人躺在酒店的床上，陪伴我的只有呓语般发着冷冷荧光的电视。

深夜，发烧，寒战，头昏脑涨，迷迷糊糊，我怀疑自己是不是染上了当地人所说的“热病”。据说当年发现吴哥遗迹的那个法国探险家就是因为罹患“热病”而丧命于此。我在虚弱、无助中，彻底饱尝到孤独的滋味：悲凉、恐惧、煎熬。唯一的办法是学习《倚天屠龙记》[①]里的张无忌，蒙头裹紧棉被……直到后半夜，掀开被汗水浸透的被子，趁着意识清醒，摸索到浴室冲了一个热水澡，方才觉得魂回人间……

注释：

①《倚天屠龙记》，金庸武侠长篇小说，1961年著，是“射雕三部曲”系列的第三部。

高棉的微笑

去吴哥，无论是情侣还是单身，最不该错过的，就是早早地占好位置，坐在千年的石梯上，静静地等待一出盛大歌剧的开场。舞台是华丽的，云层作幔，热带雨林、吴哥王城退为背景，化作浅影，泛蓝的湖水如一群弯腰匍匐的少女，微澜似轻歌曼舞。世界是静谧的，都在等待天地间唯一的主角，那就是——太阳。有不少人说，当他们在旅行中看到那些世间难得一见的壮美时，常常会喜极而泣，在此，我不想过多地“剧透”，也许只有身临其境的人，才会感受到吴哥日出那一刻的震颤！

对于喜欢摄影的人，在吴哥的行程里，拍摄日出日落中的那些伟大建筑常常是“重头戏”。但如果去的时候正值雨季，能否看到太阳穿透云层喷薄而出的壮丽景象就只有看运气了。这次行程，我安排了皇家浴池、巴肯山、吴哥窟、巴公寺、洞里萨湖几个必看之地，结果只有第一天在皇家浴池看到了日出，甚为遗憾。不过在吴哥旅行，可以拍的东西很多，除了我要单独成章介绍的古建筑遗迹，值得一提的是这里的自然景致和人文景观。

“高棉的微笑”即四面皆有安详笑容的佛像，是吴哥古迹的著名标志之一。此佛像，方面、大耳、宽鼻、厚唇、细目、浓眉，据说是建造巴戎寺的神王阇耶跋摩七世的面容。

虽然国家贫穷，但是这里的人们在为生计奔波中仍然保持着乐观的精神状态。历史、社会、生活在他们身上烙下穷困和苦难的影子，他们却用友善的笑容装点着这个充满希望的和平世界。

很多人去过吴哥，拍了不少好的风景作品，而我更喜欢用快门定格他们生活中的瞬间，同时这也触动了我对“高棉的微笑”的理解，那就是他们在艰难的生活环境下依然保持着真诚、乐观的人生态度。

在奔往各个景点的路途间隙，我一直在欣赏着东南亚特色的田园风光，观赏着他们独特的乡村生活。在金色的晨光和落日霞光下，野外的稻田散发着不同色彩的绚丽光芒。纵横交错的田埂上有随风摇

“高棉的微笑”（四面佛），巴戎寺（BAYON），柬埔寨，2011年。

曳的桄榔树，有球形树冠的棕榈树，有挺拔的椰子树。沿途公路的两边，有贫困人家的木质高脚楼，也有富人的砖墙小洋楼，每家每户的房门前都有一个宝塔形状的供奉神灵的龛。男人们骑着摩托或自行车在奔波，女人们照看孩子和摆在公路边的摊铺，几岁大的小孩赤裸着铜黑色的身体在玩耍，见到亚洲游人会用生硬的汉语说："糖果！"。在去女王宫的路上，我示意小杜将车停下来，路边刚好有几个小孩在水田里抓鱼，他们用簸箕抓起来一条小蛇，吓得惊恐万状，我把握时机抓拍了几个镜头。

在皇家浴池，下午一群小孩在泛着蓝色亮光的湖里游戏，看到我向他们友好地招手，他们兴奋地围了过来，做着各种搞怪动作，丝毫没有羞涩和做作，看他们如此配合，我摁下连拍快门像机关枪一样不停地"咔咔"扫射。结果一战下来，我的一瓶"木糖醇"口香糖成为他们争抢的战果……

在游览过程中，与小杜相谈甚欢，我也学会了几句高棉语。比如"你好"叫"梭瑟带衣"，"谢谢"叫"喔滚"，"再见"叫"你嗨"，"这个多少钱？"可以说"摸一波满"。

柬埔寨的早期历史主要与印度文化有着紧密的联系。从公元1世纪开始，印度对柬埔寨的宗教、皇室和语言都产生了深远的影响。其中有一个关于高棉人起源的传说就是蛇妖女王被印度贵族降伏后联姻的故事。从印度宗教文化影响，到邻国越南、泰国的侵略，到法国殖民，再到本国的内战、独立，不管是远古的高棉人还是近现代的柬埔寨人，他们饱尝了战乱、奴役和贫穷的苦难。今天，柬埔寨仍然是亚洲最贫穷的国家之一，柬埔寨人的生存环境依然艰难。在暹粒没有一条高速公路，没有一个高电压等级的变电站，没有大的工业。丰富的自然景观下，贫苦和落后随处可见。在一个乡村，我看见一群乡民还围着一台刚买的收音机像观赏宝贝一样爱不释手。他们年均收入只有几百美元，教师和公务员靠微薄的收入勉强维持生活，这也可能是机场入境管理人员频频向游客索要小费的原因之一吧。

在结束旅行的倒数第二天，由于体力不支，我只带了一支镜头，其他的摄影器材全部放在"突突"[①]车上。当我坚持看完吴哥王城后，来到约定的地方，只有那辆熟悉的"突突"车孤零零地停在路边，四处不见司机小杜，心头突然一凉：如果司机把我的那些设备掳走的话岂不是损失惨重？我还是让自己保持镇静，到路边摊上要了一杯冰镇柠檬茶，坐下来边休息边等待。10多分钟后还是不见司机踪影，我开始考虑报警了。身边一对老外起身准备出发，正当我与他们打招呼告别时，司机小杜从不远的店铺里钻出来，笑着向我招手，我心里这才舒了一口气。看来是我多虑了，"高棉的微笑"是值得信赖的。

注释：

①"突突"车，又叫"Tuk Tuk车""三轮动力车"，在泰国、柬埔寨等东南亚国家常见。

在游览完吴哥遗址后，我走入村庄碰见劳作的村民，2011年。

Sport Land

暹粒 ｜ 皇家浴池

下午一群小孩在泛着蓝色亮光的湖里嬉戏，看到我向他们友好地招手，他们兴奋地围了过来，做着各种搞怪动作，丝毫没有羞涩和做作。我趁机按下连拍的快门，像机关枪一样不停地“扫射”。结果一战下来，我的一瓶“木糖醇”口香糖成为他们争抢的战果……

漫步暹粒雨季

当我踏上这片土地的那一刻，我便为那纯净的空气所陶醉。

这里绝没有什么PM2.5，眼睛舒爽，空气通透得像水晶，视野之内的物体，细枝末节毫发毕现。

正值雨季的暹粒，白天太阳当空却时常会突然掀起阵雨，雨后的柏油路面泛着金光，道路两旁的椰子树、桄榔树、棕榈树等热带植物在雨水的清洗和滋润后，焕发着油润的绿色光辉。本就清新的空气像被再次过滤了一样，明净通透。鼻息能嗅到甜润的清香，肺叶得以舒展，自由呼吸成为一种惬意享受，那些纷扰的事务和费神的人际关系早已被抛到九霄云外。

林荫道上三三两两的柬埔寨人，身着鲜艳的塑料雨衣如精灵一般骑着自行车、摩托车从密林的一端闪现，与我们交错过后，又匆匆消失在路的另一头。他们的脸上永远挂着满足的笑容，那些苦难和贫困仿佛是天上的阴云，还未及显现却已化作了生活的雨露与憧憬。阳光依旧灿烂，青鱼背般油光的柏油道路，反射着行人车辆和两旁婀娜树影。清幽翠绿的路途中，偶尔几声自行车车铃脆响划空而去……

好一幅恍如隔世梦幻般的热带乡城美景！

很多有东南亚旅行经验的“达人”们，都会推荐避开雨季。而我去的9月，正好是吴哥的雨季。出门被雨淋在常人看来是一件倒霉的事，但是“坏天气”对于摄影师来说是老天爷的一种恩赐，“中大奖”（出好片子）的概率大增。

暹粒 | 巴公寺

乌云压境，风在嗖嗖地吹，天空中零星飘着雨点。我登上最高的台阶，雷声仿佛从头顶袭来，身旁是废墟残存的黑色石墙，守卫在门口的石狮子无动于衷地看着远方。闪电瞬间将方圆四野照得雪亮，天地万象骤然凝固，此时此刻，唯感彻骨的孤独、恐惧和渺小。

一个下午，“突突”车司机把我送到巴公寺，天色渐渐暗了下来，天空中零星飘着雨点，苍茫的天际里传来阵阵雷鸣。游客稀少，都在找避雨的地方，我朝着高塔走去，几个外国游客迎面走来，除了我，他们可能就是最后的游人了，而他们都在加快步伐返回。

风在嗖嗖地吹，登上最高的台阶，雷声仿佛从头顶袭来。四周只有黑色的石墙，守卫在门口的石狮子，无动于衷地看着远方。

不远处的天空里乌云聚集，闪电就像闪光灯一般，瞬间把天地照得雪亮。

天地间，此时才真正感觉到人的孤独、恐惧和渺小。

天空越加昏暗，仿佛将有一场暴风雨。我慌忙拍下这一时刻，怀揣着相机从神庙最高层飞奔直下，迎着豆大的雨滴冲向还在路边等待我的“突突”车。

当我坐在车里，雨已经“哗啦啦”如瓢泼直下，道路两旁枝繁叶茂的大树在风雨中左右飘摇，他们或许早已习惯了这频繁上演的雨戏，在炎热过后享受着淋漓的酣畅。

雨骤然停息，太阳穿过云层投射到大地。绿叶上、湿地上、头盔上，乃至“突突”车遮雨的塑料帘布上都反射着金灿灿的微光。

雨后的神牛寺（PREAHKO），柬埔寨，2011年。

雨停了，我下车步行。“突突”车绝尘而去，我迈着轻松的步伐，沿着通往吴哥窟的林荫道缓慢地走着。一辆辆旅游巴士从我身边疾驰而过，尾部的气流扫动路边的树木带来一阵窸窣。

漫步中，我听见路边的丛林里传来清脆的鸟鸣，阵阵蝉吟，还有灰猴在林间打闹发出的“吱吱”声。那些坐在空调巴士里的游客们是感受不到这样的美妙的，他们将回到酒店，按照导游的安排观看具有高棉特色的舞蹈表演。而我在这里，可以惬意地享受柔软清新的秋夜微风。

在一个神庙旁边，我偶然发现一个佛家寺院，许多身披橙黄僧袍的童僧正在劳作，有的在平整土地，有的在铲扫垃圾，在没有成年僧人督促时，他们一边干活一边戏耍打闹，依然童心未泯。

柬埔寨的宗教文化形态主要以印度教、佛教、泛神教为主。20世纪80年代末，佛教重新成为柬埔寨的国教。在柬埔寨，每个男性佛教徒一生中必须有出家的经历，时间可长可短，一般在完成学业之后，工作或结婚之前。随着社会发展，男人的出家时间可以缩短为一周或15天。

在吴哥，你可以看见很多披着橙黄色僧袍的孩子和成年人，他们就像尼泊尔的“苦行僧”，成为当地的一种人文景观。当然，从摄影角度来看，他们特有的服装和色彩，为千篇一律的，显得有些沉闷的石头建筑群注入了新的活力，成为画面中对比强烈的视觉亮点。

因此不少拍摄吴哥窟或其他神庙建筑的摄影师，都会在一旁耐心等待僧人走入镜头，拍下那耀眼的一抹橙色。

暹粒 | 少年僧人

在一个神庙旁边，我偶然发现一个佛家寺院，许多身披橙黄僧袍的少年僧人正在劳作，有的在平整土地，有的在铲扫垃圾。他们年龄从七岁到十几岁，在没有成年僧人督促时，也会偷懒和戏耍打闹。对于游客的造访他们早已习以为常，我一边用英语与他们简单地交流，一边拍下了他们劳作的身影。

劳拉的丛林蟒影

想看各种大树，就要到吴哥。

湖边的，路边的，城里的，田野的，村庄的，与石墙纠缠的，与佛像交织的……应有尽有。

参天大树、古树昏鸦、盘根错节，这些词在如今的都市里能够用以形容的植物已经不多了。如果课本里提到它们，除了到植物园去观察，小学生们或许只能从老师的描述和网络图片里感受了。

在吴哥，没有工业文明的侵袭，没有拆迁文化的滋扰，很多古老的树得到保留，不管是公路边还是古城遗迹里都能看到丛林。

在吴哥遗址，树木与石头共生成为一种奇观。电影《古墓丽影》中各种古老神秘的奇幻险境反衬出劳拉（安吉利亚·朱莉饰）的性感美貌和矫健身手，而那些神庙上树枝如蟒蛇盘曲的画面让无数观众印象深刻，也让更多的人将东南亚的旅行地选在了柬埔寨。

在吴哥古迹地区，常见的盘踞在建筑物上的树木有两种：绞杀榕（Strangler Fig Tree）和四数木（Tetrameles Nudiflora）。四数木是占据森林上层空间的高大乔木，高20～40米，生长迅速。四数木树皮光滑，在阳光下会反射出银色的光泽。发达粗壮的树根常常贴合着建筑的构造肆意扩展，延伸至地面，像是蜿蜒的巨蟒。

绞杀榕是依附于其他高大树木生长的一类榕树的总称，它们是热带雨林中生命力旺盛的“杀手”。

塔布隆寺（TA PROHM），柬埔寨，2011年。

榕树的果实——无花果是鸟类等各种动物喜爱的食物，藏身其中的种子随动物的行动而广泛传播。榕树种子落在建筑物的上层，依靠鸟粪、土壤等少量养分萌发，等纤细柔软的根系垂吊至地面，便可获得进一步向上攀附的动力。

绞杀榕是危险的机会主义者，只要找到其他树木或建筑作为攀爬的支撑就会在上层空间迅速扩张自身的地盘。榕树蓬发的枝叶最终会将宿主完全掩盖在阴影之中，使其失去养分而死亡腐烂。

有人说他们是自然生命摧毁建筑的主力，但也有人说有了这些植物，风化易碎的石头建筑更加紧固。其实这两种植物与动物一样，是自然生态平衡中食物链的一部分，并不会带来灾难性的影响；相反，如果这些种类繁多的树木能够继续繁衍下去，那么当地的生态环境将得到很好的维持。

森林是地球生态环境最好的存在形式。人道主义摄影大师——塞巴斯蒂奥·萨尔加多除了关注苦难的底层劳动群体，还积极推进环境保护项目，特别是对动植物的保护。他把森林比作人的头发，可以涵养水源，是唯一能将二氧化碳变为氧气的大型“工厂”，还可以改变低空气流，有效防止风沙和减轻洪灾，保持水土。随着越来越多的游客进入吴哥，经济开发的推进，那里的生态也必然会受到越来越大的影响，所以要去的话，还得趁早了。

塔布隆寺（TA PROHM），柬埔寨，2011年。

建筑之魂

亘古的建筑，似有生命之灵性。看过电影《花样年华》的人都会记得片尾那一幕：周慕云（梁朝伟饰）走入一片荒凉的废墟，对着一个石洞诉说内心深藏的秘密，当他离开，这一切也将随时间尘封在建筑的灵魂深处……那片凋残的废墟就是——吴哥窟。

吴哥之魂，凝固于其建筑；建筑之魂，源于其宗教。吴哥窟最著名的建筑就是柬埔寨国旗上的图案——像长着五支玉米头的小吴哥。

塞缪尔·亨廷顿[1]在《文明的冲突与世界秩序的重建》中说："所有界定文明的客观因素中，最重要的通常是宗教。人类历史上的主要文明在很大程度上被基本等同于世界上的伟大宗教。"虽然此观点也有不少人不予苟同，但是宗教与文明总是息息相关、交融混杂的。

吴哥人大多信仰小乘佛教，而这些高棉人留下的圣殿和王城，基本上都按照一个模式修建完成，那就是围绕一个中心城堡修建一圈圈矩形的行宫建筑。中间的方形城堡，象征着须弥山——众神居住的地方。有人说方城中心类似于金字塔的宫殿，是西藏阿里冈底斯山冈仁波齐峰的模拟造像。冈仁波齐峰，众山之王，傲视群峰。各教派认为他们的神都与这座山峰有着联系。在佛教中，它是由金、银、琉璃和玻璃四宝构成，由七金山七香海及十二部洲所围成的"须弥山"，象征着整个佛教宇宙的中心。在藏族苯教中，它是三百六十位神灵居住之山。在印度教中，它是"凯拉斯"，是"湿婆的天堂"。多种教派共同奉冈仁波齐峰为世界的中心，每年都有很多信徒前来朝拜。

暹粒 | 托玛衣神庙

站在那些用石头垒砌的建筑之下，可以看到，时间将神话历史注入奢华冷峻的城堡，凝固、风干、雕刻成形。岁月将青绿苔藓涂盖在顽石的表面，与斑白的石灰浆印相映成趣，就像一尊尊巨型而古老的青铜铸件，穿越时空，坐地冥想。

与埃及相同的是，他们的“奇迹”建筑也均是用石头创作而成，埃及人在沙漠中创造“山”的神话，高棉人则在丛林中制造“城”的传奇。在埃及，狮身人面的斯芬克斯是一只残酷的魔兽；在吴哥，高棉的四面佛是一位神秘微笑的天神。

面对宇宙神力和自然的壮阔，渺小的人类脆弱不堪，我们无力抵抗，我们只有臣服。我们的敬畏之心将演化为崇拜之情。有些景象甚至能让无神论者心生敬畏，相信上帝的存在。当人们面对伟大建筑或者壮阔之场景，总会因为震撼而不禁泪奔，这其实无关你的信仰，无关你是否是无神论者。

走进吴哥，站在那些用石头垒砌的建筑之下，可以看到，时间将神话历史注入奢华冷峻的城堡，凝固、风干、雕刻成形。岁月将青绿苔藓涂盖在顽石的表面，与斑白的石灰浆印相映成趣，就像一尊尊巨型而古老的青铜铸件。攀爬在吴哥那一座座只有神才有资格居住的石头宫殿的数十米高的陡峭阶梯上，近90度的坡度，梯石紧密，边角因为青苔和磨损变得圆钝湿滑，人躬身攀缘，手脚并用，不敢怠慢。曾有一对法国夫妇在吴哥旅行，妻子从宫殿陡峭的台阶上失足而逝。为了免除悲剧再次发生，丈夫捐资修建了一道扶手，该处也因此被命名为“爱情天梯”。

吴哥建筑的设计者，让朝圣的人们在仰视中感受神祇的伟大，在惶惶不安的攀爬过程中始终怀揣着对神的无比虔诚和敬仰。这与阿兰·德波顿《幸福的建筑》中所描述的教堂设计意图有着异曲同工之妙。书中说，“这些建造者努力的方向恰恰就是要我们放弃自己的自负和自足，他们建造那轻盈的墙壁与蕾丝般的天花板的目的，正是为了在哪怕最清醒的心灵中造成非但似是而非而且无法抗拒的超自然的冲动。”

在这种冲动之下，人们唯有发自内心的举动，那就是——膜拜。

注释：

①赛缪尔·亨廷顿（Samuel P. Huntington，1927—2008），美国当代著名国际政治理论家。

暹粒 | 斐济女孩

穿梭在吴哥窟的废墟和神庙中，你会碰到来自世界各国的游人。不同文化、不同肤色的人因为一个古老遗迹而相聚。在游览崩密列时，我碰到几个结伴而行的斐济（Fiji）女孩，斐济是南太平洋上地跨东、西半球的群岛之国，是世界著名的度假胜地、旅游天堂。一名女孩欣然答应做我的临时模特，于是就有了这张穿越千年石廊的瞬间。

田野里看见陌生人的男孩，柬埔寨，2011年。

天使的小邪恶

天使也有使坏或者耍性子的时候，很多古典神话、文学名著里面都有类似的故事和描写，如希腊神话、《西游记》等。在柬埔寨欣赏他们古老的建筑和浮雕时，常常会听到很多关于毗湿奴、湿婆[①]和阿修罗[②]的神话传说，其中最为有名的就是“乳海翻腾”。

故事大体讲述的是在远古世界，各种神明都是有寿命的，而在世界的中心有一座须弥山（有的版本为马达拉山），在须弥山下面的乳海中深藏着一种甘露，服用后可以长生不老。当天使与恶魔两队人马都赶到乳海时，仅凭一方之力无法获得甘露。于是众天神与阿修罗决定联手一起搅拌大海，因为这样可以使藏在海底深处的甘露浮出海面。毗湿奴变成巨龟，顶起须弥山，92个阿修罗拉着七头蛇神那迦（Naga）的头，88个天神拉着蛇尾，牵动巨龟和背上的须弥山转动1000年，将大海搅动起来，各种稀世珍宝和甘露随海水喷涌而出。双方开始争抢起来，场面一度混乱，如果按照一对一的比拼，天神人手少在下风，湿婆作为老大想出一条“诡计”，使出神通在天空中变出一群绝色美女、随着音乐翩翩起舞。从浮雕上可以判断，那些薄纱包裹下的仙女丰腴婀娜，身姿妖娆，必定让恶魔汉子们看得如痴如醉、蠢蠢欲动。当阿修罗们把注意力都集中到美女身上时，天神们悄悄抢走了甘露。虽然天神使用美人计占了恶魔的便宜，但恶魔不会善罢甘休，也由此引发了双方新的战争。

合作搅拌乳海，这可能算是诠释“没有永远的敌人，只有永恒的利益”名言的最早案例版本。

在暹粒的那些四方城古建筑的出口或者入口处，一般都有体现“乳海翻腾”传说内容的石像雕塑。如吴哥通王城的东、南、西、北四个城门前的引道两旁，左侧有54个慈眉善目的天神雕像，右侧则有54个吹胡子瞪眼的恶魔雕塑。这些雕像之间由一截截“蛇身”连接起来，它们就像在拔河一样排列在道路两旁。

在四川甘孜藏区，藏传佛教里面也有类似的故事，只不过在叙述内容上有一些差异。在藏医传统中，这个传说有一定的象征意义，它描述了甘露、神医和众多药用植物的形成过程，揭示了藏文化中一些古代象征物的起源。从佛教的角度来理解，想得到即“贪”，得不到而发怒即“嗔”，想方设法去抢回来即“痴”，消除此“三毒”则需要“戒”“定”“慧”对症治疗。

善恶得失都在一念之间，正邪两种力量也常在每个人的内心争斗不休。

“乳海翻腾”的故事，可以当作旅途中消乏解闷、聊以为笑的小插曲，也许有朝一日会被那些喜欢用寓言故事提炼商业管理哲学的人士拿来作为课堂之上侃侃而谈的案例，将之看作是“搁置争议，共同开发”资源之战略合作的现代解读吧。

世间总有聪明的好事者，聪明的解读者，但往往是人类一思考，上帝就笑了。

注释：

①印度教三大神是梵天，毗湿奴和湿婆。梵天是宇宙的创造者，被奉为“创造之神”，毗湿奴是保护之神，湿婆是毁灭之神。

②阿修罗，梵文音译，意译为非天、非同类、不端正、不酒神，原是印度远古诸神之一，被视为凶猛好斗的恶神。

暹粒 | 吴哥王城

在吴哥通王城的东、南、西、北四个城门前的引道两旁，左侧是慈眉善目的天神雕像，右侧则是凶悍的恶魔雕塑。雕像之间由一截截“蛇身”连接起来，它们就像在拔河一样排列在道路两旁。穿行而过的柬埔寨人，如精灵一般骑着自行车从窸林的一端闪现，与我交错过后，又匆匆消失在路的另一头，偶尔几声车铃脆响划空而去……

地雷上，不抱怨的世界

据说《不抱怨的世界》是风靡全球的世界级畅销书，在书店卖场也经常看见它以各种面孔出现在畅销区。虽然我没有阅读过此类所谓“励志书”，但是大体可以猜得到它们所要叙述的主题和论述方式，无非是告诫人们与其消极抱怨不如接受现实踏实做事，或者是告诉大家放下抵抗情绪立足长远好好干活，终究会等到苦尽甘来、出人头地、衣锦还乡的一天。

其实从心理学的角度讲，适当的抱怨，适度的情绪释放，有益身心健康。在急速发展的现代社会，人的内心太压抑，成功的欲望太强烈，因此变得终日郁郁寡欢、闷闷不乐，久而久之从心病变成身病。

在暹粒，我看到的却是另外一个不抱怨的世界。他们历经战乱和苦难，生活依然清苦，但是他们并不仇富，也不与人比较。他们认为能够通过自己的双手挣到钱就是最大的幸福。虽然他们很羡慕有钱人，但是他们并不嫉妒，认为那是别人勤劳所得或者是前世修来的。如果可以，他们觉得去给富人当佣人、打工倒是一份不错的工作。

在吴哥，你会发现一些景点的僻静处常有阵阵民乐的声音。当你寻声过去，就会看见一些中老年人守着乐器席地而坐。看到游人走近，他们就会弹奏几首曲子，有怜悯之心的人会在他们的托盘里捐上一些钱，他们则会微笑着施以感激的礼仪。我在暹粒的女王宫、龙蟠水池等地也看到了这样的卖艺群体，据了解，他们都是被地雷炸伤的残疾人。

路边照看水果摊的女孩，柬埔寨，2011年。

从1945年开始的抗法战争，一直到后来的内战，柬埔寨的战火延续了几十年。仗不停地打，地雷不停地埋。地雷来自苏联、美国、越南、泰国、马来西亚……种类繁多，杀伤力强，遍布山野。据媒体报道，2000年年初，柬埔寨仍有1000万颗地雷埋在地下，按照当年柬埔寨1000万人口计算，每一个人都有可能踩在一颗未爆的地雷上。扫雷工作需要投入巨大的人力、财力和物力，对于贫穷的柬埔寨来说是心有余而力不足，因此在没有战争的年代，依旧有人被地雷炸死或炸伤。

贫穷、战争后遗症、危险的环境等都可以成为抱怨的理由，但是柬埔寨人依然用他们的勤劳和聪明才智为国家出力，为生活打拼。这让人不免想起瑞士摄影家艾米尔·修特兹的摄影集《中国》，镜头里20世纪60年代的中国老百姓知足、勤奋，虽然贫穷，对未来却充满了信心，仿佛美好幸福的日子就在明天。

此外，从对柬埔寨人民的观察和分析来看，宗教信仰或者说这种文化起到了软化痛苦、抚平创伤的作用。越是苦难深重的地方，越是需要宗教的安抚。

佛教和印度教在13世纪到14世纪成为其官方宗教。今天柬埔寨人大多信仰小乘佛教，其终极目的是涅槃或消除一切欲望和痛苦以实现再生。与藏区民众相似，他们都要供养僧人，为寺庙捐款，定期拜神，以此改变命运，获得更多功德以减少轮回的次数和痛苦。

正是因为佛教的影响，他们从小就形成了特有的人生观和价值观。怨由心生，他们有信仰、求福报、断欲望，自然就无怨可抱了。

暹粒 | 熟睡的母亲

贫穷、战争后遗症、危险的环境等都可以成为抱怨的理由，但是柬埔寨人依然用他们的勤劳和聪明才智为国家出力，为生活打拼。那是个雨后的午间，我看完吴哥遗迹后走进当地人居住的村舍，村民们在工间休息。一间茅屋下，一位母亲正在安睡，我站在远处，轻按快门后悄声离去。

浮世中的绝美

喜爱吴哥，流连忘返，基于两点：一是未被工业文明污染的丛林境地，碧水天蓝，空气清新，让人安静，如置身世外；二是在弥漫着自然气息的绿色王国里，掩藏的历史文化与触手可及的艺术瑰宝，可以让人去探寻，去惊喜。

吴哥的艺术成就主要在于建筑、雕塑和雕刻。而在世人印象中，大多了解的是吴哥的建筑。柬埔寨的建筑在吴哥王朝时期（9世纪—14世纪）达到了高峰，这一时期最杰出的代表就是吴哥窟和吴哥王城。

柬埔寨的民居是看不出吴哥窟那种神祇建筑的余韵的。除了城里的现代建筑，今天生活在农村、乡野的柬埔寨人都将房屋建在高高的木桩上，以棕榈叶覆盖屋顶，地板上铺着用篾条编制的席子。房屋下的阴凉空间用于储物，或者供人午休、乘凉。经济条件好的人家，可以用木材制作墙壁，用砖瓦铺盖屋顶。对于那些少数更加富有的上流阶层和掌权者可以修建别墅或住在具有法国殖民风格的建筑里。

在中国史籍中，柬埔寨在汉末三国时期称扶南，隋唐时称真腊，元代时称吉孛智（或甘孛智），明代万历以后才称柬埔寨。“扶南”这一称谓最早被记载于《三国志》，其卷四七《吴书·吴主传第二》记载：“吴主赤乌六年（公元243年）十二月，扶南王范旃遣使献乐人及方物。”

先说雕塑，早在扶南和真腊时期，柬埔寨的雕塑就达到了相当高的水平。早期的柬埔寨雕塑主要源于对印度雕塑的模仿和借鉴，而印度雕塑从希腊雕塑中汲取养分，希腊人的雕塑技艺又从古埃及得来。艺术的发展常常伴随人类文化的迁徙、流动和交融，在金边的国家博物馆里就有一尊诃里诃罗神像，造像于公元7世纪末，是毗湿奴和湿婆的化身，却貌似埃及的人像。

提供合影服务的表演者，柬埔寨，2011年。

从吴哥王朝时期的雕像看，它们的造型以高棉人的特征为蓝本，额高、下颧微突、嘴唇圆厚，每尊佛像面容、骨相相似，慈祥端庄中透出对人间万象的凝视。雕刻手法注重体、面、线三者的协调。体态圆润厚实，面部平滑饱满，线条婉转流畅。凸起的唇线让人不由联想起我国云冈、龙门石窟中的造像，敦厚朴实，尤显神圣、庄严。

中国和印度同属于东方文化体系且又各成面貌。位处东南亚中南半岛西南端的文明古国柬埔寨也是东方文化体系中的一支，她与中国和印度这两个文化体系渊源深厚、密切相关。史料大都记载古代柬埔寨对中国称臣岁贡，进献方物，加上南方丝绸之路、海上丝绸之路的商业通道交汇，这样就带来了两国宗教、文化和艺术的多方面交流与融合。

柬埔寨的雕塑对中国产生过重要影响，尤其是佛教造像方面。造像艺术是古代柬埔寨较为发达的一项技艺，曾经多次向中国进献雕刻艺术品。如519年，扶南王律陀罗跋摩（Rudravarman，514—550）向中国皇帝进献天竺旃檀佛像。柬埔寨与中国在进行艺术文化交流的过程中，客观地传播和促进着中国佛教文化艺术的丰富和发展。例如中国佛雕，从南北朝的秀骨清像，到隋塑的方面大耳、朴达拙重，再到唐代的丰腴圆润，无不可以看到柬埔寨雕刻的影子。

吴哥王城中巴戎寺内耸立着四十九尊巨型石塔，每座塔皆雕有四面佛，高近四十五米，间距约五米，密匝如林，浩大壮观，撼人心魂。它们半闭的眼睛微微下垂，静观自在，祥和神秘，脸庞浮现的微笑令人心境悠远、顿生宁静。这些大石佛头的典范表情被称作 “高棉的微笑”，是吴哥窟雕刻艺术的象征，也是柬埔寨文化的象征。

吴哥的雕塑艺术，据说对巴黎时尚都产生过影响，一个仙女雕像的裙摆，因其简洁流畅的线条被用作时装设计风格和元素。雕塑更被作为艺术珍品为盗取者所疯狂掠夺。曾经一个法国人就撬下女王宫四位蒂娃妲（Devata）仙女的雕像企图带回法国，幸亏被及时发现。此人后来竟然变身为法国文化政要，实为一大讽刺。

经过顶峰阶段的发展，吴哥雕塑归于保守和拘束。冲击艺术之巅的主力被建筑和浮雕所代替。柬埔寨的历史被现代史学家分为四个阶段：1世纪末至6世纪中期为扶南时期；550年至802年为真腊时期；802年至1434年为吴哥时期；其后为吴哥以后时期。其中，自公元802年阇耶跋二世（Jayavarman Ⅱ，802—850）宣布真腊独立开始，柬埔寨进入吴哥王朝。吴哥王朝历27代国王，长达630年，高棉人不仅将古代柬埔寨的政治军事推向全盛，更以吴哥王都为中心创造出灿烂辉煌的文化艺术，其中大小吴哥城及其附近寺庙的石构建筑和石雕艺术即是柬埔寨古代艺术达到巅峰的象征和实证。

可以说，吴哥古典时期，建筑发展以吴哥窟与巴戎寺为代表达到了顶点。19世纪初，中国元朝派往柬埔寨的使者（另一说是情报收集者）周达观，考察游历一年之后，写下《真腊风土记》，对其建筑的金碧辉煌和庄严雄壮之描绘，可以说是不惜笔墨，深为叹服。

此外值得浓墨重彩地描绘的便是堪称世界一流的浮雕艺术。吴哥窟的浮雕艺术大致可以分为两类。一类是装饰性的浅浮雕，反映了印度史诗中的一些神话故事。这一类浅浮雕出现在吴哥窟的回廊廊柱以及墙面各处，主要起到装饰的作用，多为《摩诃婆罗多》《罗摩衍那》史诗中描写的场面。如在第一回廊的四壁上，西壁的《猴神助战图》；南壁西侧的《苏利耶跋摩二世仪仗图》《苏利耶跋摩二世骑象出征图》和东侧的《地狱图》；东壁南侧的《搅海图》、北侧的《毗湿奴与恶鬼交战图》；北壁的《毗湿奴与天神交战图》等，这些都取材于印度神话传说。还有一类是大吴哥城巴戎寺的浮雕，反映了古代柬埔寨人民的生活、军事和自然环境等。例如巴戎寺长达1200米左右的浮雕饰带，表现了高棉人在12世纪和占婆人战争的场面以及庶民的生活场景。在巴戎寺的浮雕中还生动表现了古代柬埔寨人喜好斗鸡、斗野猪的风俗。

建筑与雕刻完美结合是吴哥窟艺术的一大显著特征。塔上装饰繁复、华丽的叶形花纹，其艺术造诣在女王宫达到高峰。

女王宫（Banteay Srei）又译为女皇宫、班蒂斯蕾，是位于柬埔寨大吴哥东北约21公里的荔枝山（Phnom Dei）旁的一座印度教寺庙，供奉着婆罗门教三大天神之一的湿婆。女王宫始建于公元967年的罗贞陀罗跋摩二世（Rajendravarman）王朝，而于1002年的阇耶跋摩五世（Jayavarman V）王朝完成。女王宫因其雕刻的精美和细腻被称为“吴哥艺术之钻”。

女王宫坐西朝东，长200米，宽约100 米，内外有3层红砂石砌成的围墙。从大门到中门约50米，大道两旁竖立着两排对称的2米多高的朱红石柱。寺塔各层门前都有一对守护狮石雕，右手持兵器，左手按在跪地的左膝盖上，右腿半蹲。头部有的像猛兽，有的似鬼怪，外形彪悍勇猛，是婆罗门教三大神主的守卫者。

女王宫大量使用红色砂岩作为建筑材料，这种材料可以像木头一样被雕刻。女王宫雕刻之细腻和精美，完全可以用“石头上的刺绣”来形容。而浮雕的难度远远高于刺绣。一是需要用坚硬的工具在砂岩上小心翼翼地敲击，刻出繁复、具有镂空美感的纹理图案，同时还要使图案保持对称和均匀的排列效果。其次，石头雕刻，必须确保每一刀都不出现偏差，不像在纸布上作画，可以打草稿，错了还可以擦

女王宫守卫者雕塑与建筑，柬埔寨，2011年。

暹粒 | 女王宫

女王宫雕刻之细腻和精美，完全可以用“石头上的刺绣”来形容，雕刻手法注重体、面、线三者的协调，浮雕的装饰图案繁复、纹理华丽，人像体态圆润厚实，面部平滑饱满，线条婉转流畅，其难度系数远远高于刺绣，其艺术造诣在女王宫时期达到高峰。在这些有着千百年历史的艺术品中穿行，你能在静谧中听到美的鼻息。

掉重来。砂岩质地酥软易碎，稍有不慎就会前功尽弃。另外随着时间的推移、风化作用、日晒雨淋、人为破坏等因素影响，保存这些艺术珍品变得难上加难。

浮雕中点缀并填满了各种刻画生动、细致入微的动植物图案。其强烈的绘画性、装饰性与中国东汉以来的画像石有异曲同工之美，与中国古代佛教雕刻造像中的影壁有惊人的相似性，在敦煌壁画中也能找到此种表现风格的影子。

这些浮雕除了雕工堪称绝美外，其反映的神话故事情节和场景同样栩栩如生。里面的一些小故事，经过后人“演绎”后更加有意思。如法力无边的湿婆非常强悍，但也最爱他的老婆帕瓦蒂（Parvati），经常带着她骑神牛到处旅行，快活似“神雕侠侣”。起初，帕瓦蒂虽然贵为雪山神女，心里一直暗恋湿婆，但湿婆潜心修行，对美女无暇顾及。于是帕瓦蒂就求爱神卡马（Kama）帮忙，卡马把一只魔箭射入湿婆的心，惊醒了湿婆。恼怒的湿婆把卡马烧成了灰烬，正当他整理衣衫准备走人时，刚好看到了惊恐之下楚楚动人的帕瓦蒂，于是湿婆怜惜中顿生爱意，遂娶帕瓦蒂为妻，最终帕瓦蒂又请湿婆复活了爱神卡马。

欣赏吴哥的浮雕艺术，必须要了解相关的历史背景和神话典故，不然就像我当时只能惊叹于雕刻本身所呈现的美，而无法在传说故事中再次品味它们所蕴含的无穷文化魅力。

在废墟中阅读的女孩，柬埔寨，2011年。

战象平台（TERRACE ELEPHANTS）浮雕，柬埔寨，2011年。

女王宫（BANTEAY SREI）浮雕，柬埔寨，2011年。

暹粒 | 神牛寺

浮雕需要用坚硬的工具在砂岩上小心翼翼地刻出繁复、具有镂空美感的纹理图案，同时还要使图案保持对称和均匀的排列效果。砂岩质地酥软易碎，必须确保每一刀都不出现偏差，稍有不慎就会前功尽弃。工匠在制作这些浮雕时，必定怀着一颗虔诚之心，聚精会神，殚精竭虑，坚韧而为。

古蜀道与丝路

四川，简称"川"或"蜀"，相当于英国国土面积的两倍，位于中国大陆西南腹地，地处长江上游。北宋真宗咸平年间将地处今四川盆地一带的川峡路分为益州路、梓州路、利州路和夔州路，合称为"川峡四路"，简称"四川路"，四川由此得名。另一说是四川境内有岷江、沱江、嘉陵江、乌江四条大江，古称江为川，由此得名四川。四川与7个省（区、市）接壤，是承接华南华中、连接西南西北、沟通中亚、南亚、东南亚的重要交汇点和交通走廊。

蜀道，即蜀地的道路，亦泛指蜀地。唐代诗人李白曾在《蜀道难》一诗中感叹："噫吁嚱，危乎高哉！蜀道之难，难于上青天。"因此蜀道常成为难以行走的代名词。广义上的蜀道内涵丰富，有自三峡溯江而上的水道，由云南入蜀的僰道，有自甘肃入蜀的阴平道和自汉中入蜀的金牛道、米仓道、荔枝道等等，也包括蜀地范围内的道路。狭义的蜀道即由关中通往汉中的褒斜道、子午道、故道、傥骆道（堂光道）以及由汉中通往四川的金牛道、米仓道等。

"南方丝绸之路"起点、"茶马古道"第一站均在蜀地，诸如本章中的邛崃、汉源、西昌、宜宾等地均为这两大古道上的重要节点。1979年由中国著名的人类学家费孝通教授所提出的"藏彝走廊"概念与四川有着紧密的联系……

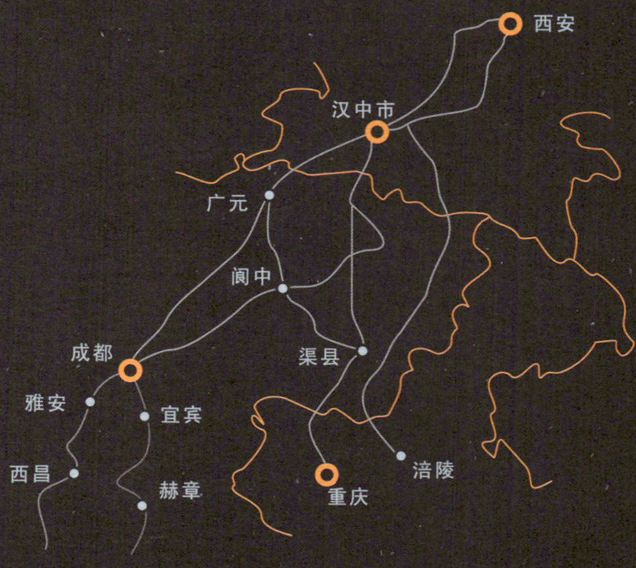

CHAPTER 3

巡　旅・蜀境

当夜幕降临，千年古榕的繁枝茂叶早已简化成一片错落有致的剪影，繁星点点，虫吟蛙鸣，一家人围着小木桌其乐融融，男主人眯眼仰头“嗞”的一声抿下小酒，一天的烦劳化作甘洌潮红……

四川 | 草原野花

离离原上草，一岁一枯荣。自然界的万物生长，如果没有工业文明的滋扰，无需轮回，不争朝夕，总是保持着原始的野性，而最美之态无非是丰腴土壤上的野蛮生长和宠辱不惊下的生命怒放。只身闯入广袤的大草原，要么放任四肢，迎空仰躺，要么匍匐于地，对话芬芳。

远离都市的野风

一

英国诗人华兹华斯说，大自然会指引我们从生命和彼此身上寻找一切存在着的美好和善良的东西，对于扭曲、不正常的都市生活有矫正的功能。

身在城市中，在享受着城市带给我们生活的便利与身份荣耀的同时，也遭受着环境污染和生存压力带给我们的诸多烦恼。当然，我不是拷问人类道德与灵魂的法官，在难以纠正的人类行为中只能自求独善其身。阿兰·德波顿在《旅行的艺术》中说："时常走访大自然是解除城市生活中罪恶的必要良方。"或许大自然用它独有的力量可以帮助我们求得一种心灵的宁静、情感的纯洁和人格的健全。与孩子一起去与大自然接触，可以亲身体验那些钢筋水泥和铁皮车轮的环境中无法企及的感观。

在城市待久了，尤其怀念农村的质朴。周末，我载着家人冲出拥堵的车流，行驶在高速路上，心思早已沉浸在对乡村景色的向往中。

多年来，我常常对着一幅幅关于田园村舍的画作或照片产生无尽遐思。最好的景致莫过于夕阳西下，金色的余晖中，星罗棋布的农舍炊烟袅袅，柴火枝草燃烧后散发出特有的烟香弥漫在村野。牧归的小童，骑着水牛嬉闹在回家的羊肠小道上，而此时屋里"刺啦啦"响起的涮锅声拉开了农家小菜的烹饪协奏曲。当夜幕降临，千年古榕的繁枝茂叶早已简化成一片错落有致的剪影，繁星点点，虫吟蛙鸣，一家人围着小木桌其乐融融，男主人眯眼仰头"嗞"的一声抿下小酒，一天的烦劳化作甘洌潮红……

这一站，奔向并不遥远的邛崃乡野。

邛崃，古名临邛，为川滇、川藏公路要塞，距成都75公里。千万别小看这个邛崃，今天虽在成都的版图之内，但其已有2300余年历史，与成都（益州）、重庆（巴郡）、郫县（鹃城）并称为巴蜀四大古

草间的精灵，四川，2012年。

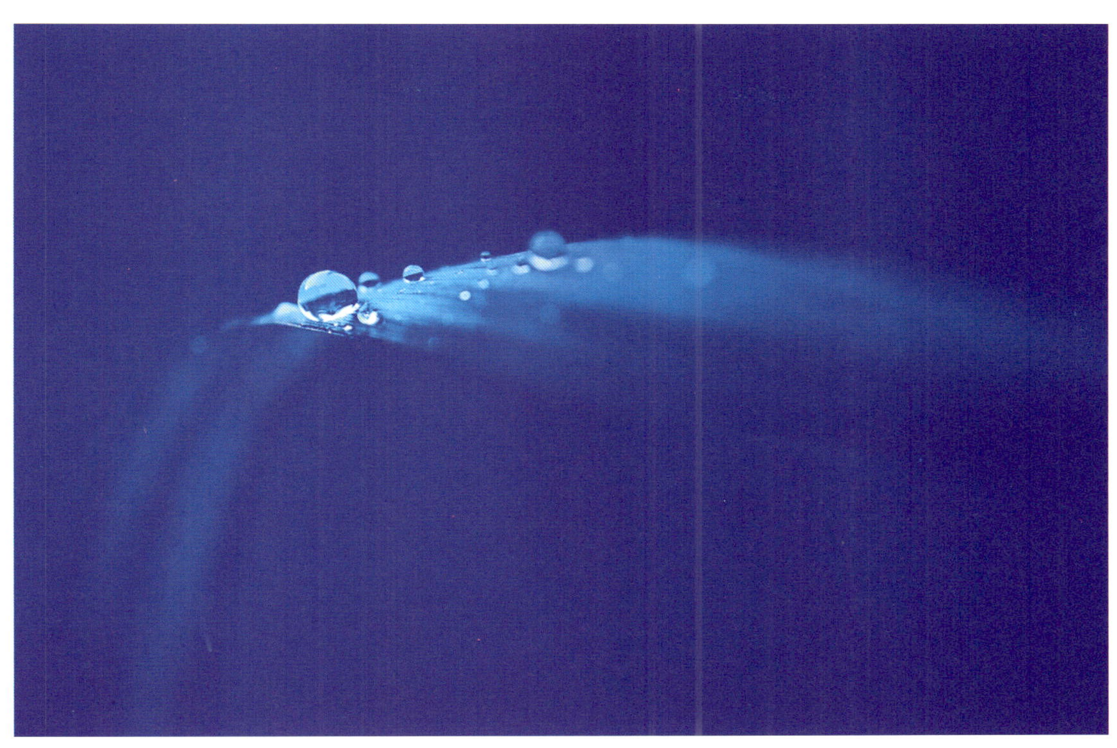

林间的露珠，四川，2012年。

城。西汉才女卓文君和司马相如演绎的中国版爱情故事“凤求凰”就诞生于此。历史上的邛崃，商贸兴盛，是“南方丝绸之路”“茶马古道”始发地，有“天府南来第一州”的美誉。

从喧哗都市到僻静山野，沿着邛芦公路蜿蜒行进在平坦的田园上，两旁的树木郁郁葱葱，有银杏，有竹，还有如梧桐、杨树般普通的林木。进入马湖乡地界，看到一个显眼的招牌：鲢鱼山庄。

二

在柴油机的马达声中，渡船驶离河岸，除了开船的人和几个招揽生意的小伙子外，真正的客人只有我们和另外一对老年夫妇五人。穿过河道，驳船缓缓驶入密林深处，正享两岸清风翠绿，不觉已到山庄门前。“鲢鱼山庄”就是一个乡村农家乐，有喝茶的凉亭，几栋平房组成一个院落，里面是主人招待客人的厨房、餐厅和娱乐室。我们进去时，已经有人在麻将桌上酣战了。

山庄有山林和河水，虽然没有旖旎风光，但这里人少清静，喝着茶水享受着城市难得的悠闲，颇有“偷得浮生半日闲”的雅致。如果我是一个云游的野客，或许我会在这里停留一宿，在昏黄的灯光下聆听夜晚的虫鸣，也不失为一种旅途的情趣。

言语间山庄的主人招呼我们用餐，来到院子里时，圆桌上已摆好菜肴，有烧鲢鱼、冬瓜汤、韭菜炒蛋。我们在饥肠辘辘中开始大快朵颐。

吃过午饭来到外面的大院休息时，发现河里划来一条小舟，上面蹲着一排黑色的鸬鹚。小时候经常在老家见到这种动物，但是对于城市里长大的孩子来说却是难得一见。鸬鹚身上常常会散发出一种熏人的气味，儿子怀着好奇跑到岸边近距离观察它们时闻到一阵怪味，连连喊道：“好臭！”

男孩子都有“惹是生非”的天性，儿子也曾经因为逗狗被咬过一次，打了几天的狂犬疫苗。人都是“好了伤疤忘了疼”，今天看到鸬鹚，他又忍不住用脚尖去逗弄它们，听到主人家发出的鸬鹚会啄人的警告后才收敛一点。

驯养鸬鹚主要用于捕鱼，自雏鸟两个月大就开始跟随渔船入水练习。经过长期驯养的鸬鹚，逐渐丧失了长时间高飞的能力。鸬鹚的颈部常捆着稻草，那是防止其私自吞食“战果”。每次捕到鱼后，主人取下大鱼，留下小鱼作为奖励。失去自由和丧失野性的鸬鹚，不再有机会回到天空，它们只能在主人的驱赶下，一次次地冲入水中。人有时就像驯养的鸬鹚，在既定的游戏规则下年复一年地劳作，逐渐忘却了追求自由和个性的本能。

三

告别鲢鱼山庄，我们继续行驶在晾晒着谷物的乡村公路上。

一道浅滩出现在视野里，清澈的河水流淌在卵石遍布的河床上，低矮笔直的水泥石桥贴着河面横跨两岸，雪白的浪花在桥墩下跳跃，发出“哗哗”的雀跃声。把车停放在路边树荫下，沿着路边的小径，向这个波光粼粼的世界走去。我们都索性光着脚，感受水的清凉。不远处的大水牛也已经将半个身子浸入河中，悠然自得地扭动着脖子，摇晃着它的一双大牛角。路过石桥的村民用诧异的眼神看着我们。

下午3点多，我一边问路一边向南宝乡飞驰，路过火井镇时，终于看到自己想象中的乡村之景。旷阔的田园上，纱罗般的薄雾若有若无地缭绕在乡间，午后的金色阳光从蓝色天空斜射下来，几处群落毗邻的农舍，墙面是刚粉刷过的白，密密匝匝的灌木草丛显示出格外油亮通透的绿。世界上第一口天然气井就诞生在这里，它开创了人类最早利用天然气作能源的先河，比英国早好几个世纪。

过了火井镇，逐渐进入光线有些阴暗的密林山冈。四野静谧，唯有汽车发动机的声音，山间的凉风让人开始感觉有些寒意，海拔在上升。当我们到达金甲村时，只看到稀疏低矮的村舍，所谓的“花满园”农家乐已是人去房空，铁网大门紧锁，小而破败的招牌还孤零零地斜插在围墙上，看来这里早已关门大吉了。

我调转车头，终于对冷僻的乡野失去信心，死心塌地地往天台山方向疾驰而去。

飘过山村那片云

每到夏天，山间校舍旁郁郁苍苍的树林，成为课间的天然游乐园。凉风穿过，带着绿叶的清香，沁人心脾。那一天，下课钟响，孩子们没有像野猴一样冲出教室奔向林间。老校长在全校学生面前，介绍一名来自大城市的支教志愿者，名字里有一个“雪”字，教语文和美术。

不久，课堂上不请自来的小青蛇、癞蛤蟆、土拨鼠和大甲虫等小动物让新老师花容失色、羞愤连连。喜欢“策划”恶作剧的孩子们在获得捉弄人的快感时也付出了代价——整日被罚抄诗文。抄的都不是课本上的，看不懂，也读不懂，但是基本上都记住了内容。

有一次，同学A画了一只乌龟，形象惟妙惟肖，对自己的“作品”甚觉得意，悄悄贴在前排同学背后，当其被叫起回答问题时，立刻引发哄堂大笑。老师诧异，走近取下仔细端详后环顾四周，笑了：“画得不错，不过贴错了地方，下课了请作者到办公室来取。好，继续上课，我们讲到……”众目睽睽之下，已做好出丑准备的A居然躲过一劫。

学校的房源紧张，老师的办公室也是宿舍，孩子们都喜欢到老师的办公室戏耍。在那里，可以看到很多从没见过的东西：动漫画册、影碟、画具、油彩、石膏像等，不过，最主要的是可以吃到漂亮味美的奶糖和巧克力。老师来自上海，家里总会寄些糖果，虽然不多，但是在那个物质匮乏的山区，孩子们已经是莫大的欢喜和满足。

夕阳西下，老师喜欢在小河边散步，手里总少不了一样东西——书。或阅读，或沉思，或忧伤，或欣慰。孩子们在河里玩耍，远远会望见一袭白裙的老师，独自沿河漫步，天水一色间，她的长发和裙摆在晚风中微微飘起，映着金色的霞光，宛若一幅油画。有时候，还会看见她架起画板，用画笔描绘天边的晚霞。

月到中秋，孩子们常常会跑到地里扯下好多毛豆和花生，偷来家里的油盐，在老师家里煮。孩子们吃着月饼和豆子，睁大眼睛想发现月宫里的玉兔、嫦娥和砍桂树的吴刚，跟着老师背诵“明月几时有，把酒问青天……”到“稻花香里说丰年，听取蛙声一片”。

心旷神怡的夜晚，老师与孩子们沉浸在江南夏秋之夜的恬静和舒适之中，翘首遥望天际，那里只有稀疏的几颗星星挂在墨蓝的天幕上……

老师总是对她的身世讳莫如深，只是偶尔从大人的言谈中知道，她是一个大资本家的后人，父母已移居海外。

有一天，老师要走了，可能再也没有机会回到这里。临行前的最后一堂课，教室里出奇的宁静，老师含着眼泪教孩子们唱李叔同的《送别》：

长亭外，
古道边，
芳草碧连天。
晚风拂柳笛声残，
夕阳山外山。
……

苍木与夕阳，四川，2010年。

绝壁上的灯光

临近深谷的悬崖上
它倾听远处森林的喧哗
和深谷中小溪的歌唱
它孤独地站在那里
显得寂寞而倔强
——曾卓《悬崖边的树》

在四川雅安汉源县永利彝族乡，有一个小村寨位于大渡河峡谷的绝壁上，那里有一所被媒体争相报道过的“悬崖小学”——古路小学。2011年10月25日我跟随当地电力检修人员一起前往古路村，去拜访那里的人们。

在山脚一个叫“一线天”的地方我开始步行。

古路村是这里最为偏僻的村庄之一，从山脚走到山上彝族山寨，最快需要三个多小时，期间还要穿越悬崖峭壁。背着沉重的摄影包，爬行山路不到一个小时我已气喘吁吁、大汗淋漓。通过第一个平台后，开始进入最为险要的绝壁路段。无法想象几近90度的陡壁上开凿出了一条千回百转的“Z”字形小道供人和骡马行走。山道七拐八弯，最窄的地方只有40厘米宽。人站在上边，山风在耳边呼呼作响，路外是深谷，多瞄一眼就让人头晕目眩。“这就是从山下牵上来的10千伏线路。”曹浩指着不远处山崖上像哨兵一样挺立着的电杆，“山上的村民用电就全靠这条线路了。”通过架设索道，他们耗费了数百人力和5个月的时间，将电力线路牵到山上，使古路村100多户村民于2010年10月通上了电，告别了几代人点煤油灯的日子。

经过4个小时的徒步跋涉，中午12点半我终于到达古路村小学。小学校舍算是整个村落最好的建筑，由5间水泥房组成。与平常随处可见的 “再穷不能穷教育”之类的标语口号不同的是，教室外墙用红色油漆书写着“琅琅书声云中荡，彝苗成才固根基”几个大字。古路村小学只有9名学生（两个旁听生4岁多，其余最大的11岁，最小的6岁多），孩子们收到叔叔们送去的新书包和学习用品显得格外兴奋。

学校唯一的老师申其军生病住院了，孩子们正在村干部的组织下上自习，他们洪亮的朗读声让僻静的山野平添了一种生机和希望。中午时分，没有人做午饭，孩子们就拿出自带的干馍馍啃了起来。看他们生吞硬咽的样子，我慌忙递上矿泉水并把带来的面包等干粮送给他们。几个流着鼻涕的小男孩用沾着泥土的手抢起这些他们很少吃过的“美味”。当城里的孩子吃着肯德基和麦当劳时，谁又能想到山里的孩子只能啃着干馍馍?

“抽水马桶，电脑、汽车，这些娃娃都没有见过。”一个村民告诉我。他说，古路村的孩子学习刻苦是出了名的，但是他们即便花费五倍的努力也抵不过山下的学生花一倍的精力，因为学校的教育资源太匮乏了。曾经来过几批支教的志愿者，但是时间都不长，一个女志愿者住在山上，因为夜里没有电，在黑灯瞎火的房间里坐着哭了一晚上。

“这是我画的唐老鸭。”二年级女生周贤容指着墙上的彩笔画自豪地介绍道。这是她家通了电，有了电视后看到的第一部卡通片。

有了电视，让很少走出大山的孩子们更加向往山外的世界。以前古路村小学的学生尚有几十来人，要么因为村民搬迁下山，要么希望得到更好的教育，不少学生都离开了这所学校。500多户的古路村到现在也只剩下100来户人，也许有一天古路村和那些脆甜的山核桃终将消失在大山里。

四川雅安曾经是南方丝绸之路和茶马古道交汇的驿站，无论商贸发展还是文明开化的意识都应当或多或少地受到两条古道的浸染，然而千百年来，僻静的山野生活依然贫瘠，走出大山、改变命运依然是村民们最迫切的梦想。

四个小时后，我终于从悬崖回到地面。此时天色已晚，回望绝壁之上，依稀闪耀着点点灯光，在那寂寞和倔强中透射着希望。

后记 报道发出后，国内外多家网站纷纷转载，引发了社会广泛关注。2011年11月18日，星期五下午4点半，古路村小学举行了最后一次升旗仪式，7名学生将告别古路村小学，搬到山下读书。

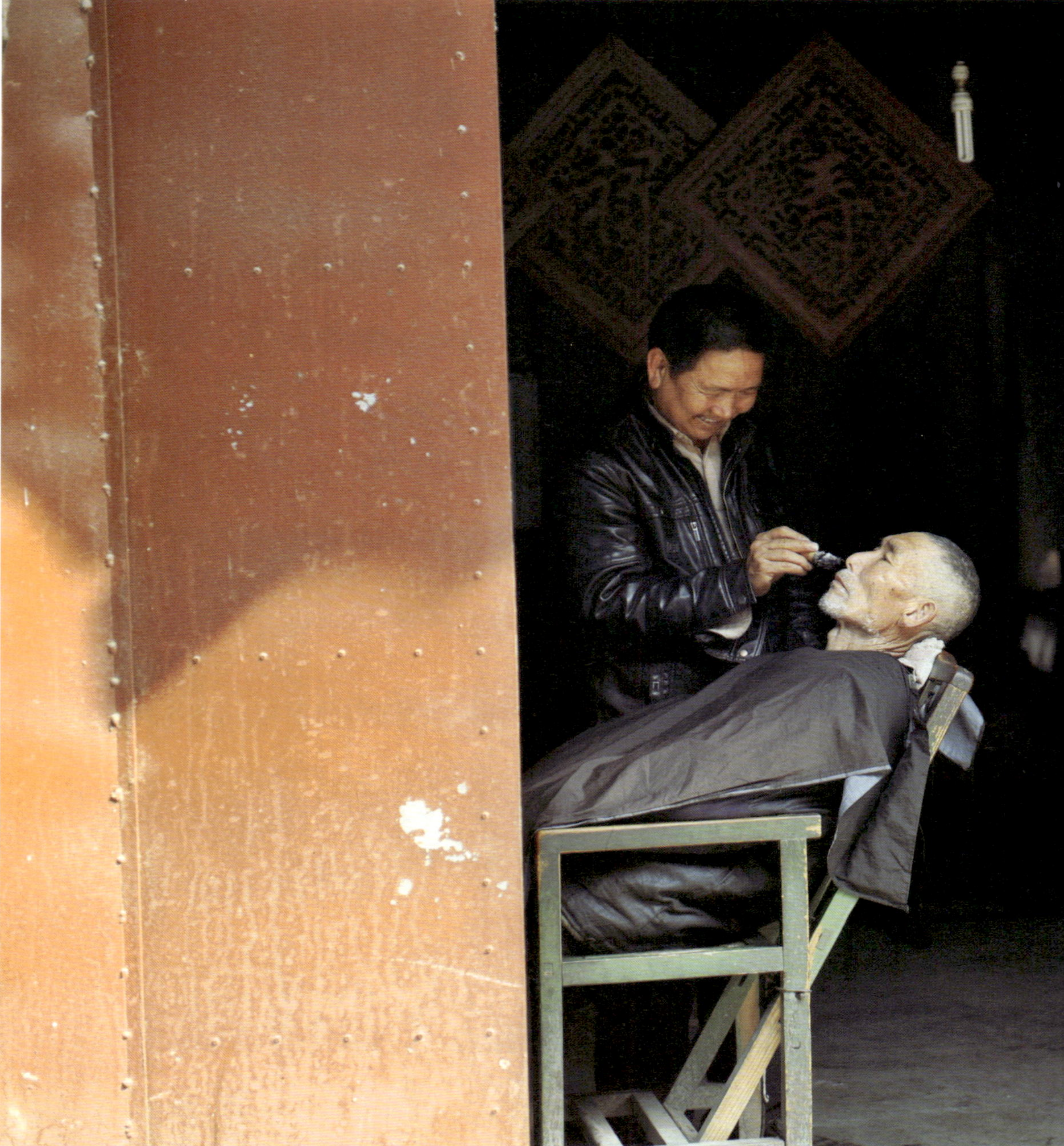

西昌 ｜ 理发店

礼州镇古旧交错的老街上，有卖油炸食品的餐店小馆，有保留着20世纪80年代风格的老式理发店和中医诊所，还有卖日杂用品的摊点。菜农挑着新鲜的蔬菜沿街叫卖，各种毛色的土狗趴在路边的屋檐墙角下晒太阳，一派老电影里才有的典型川西老镇景象。

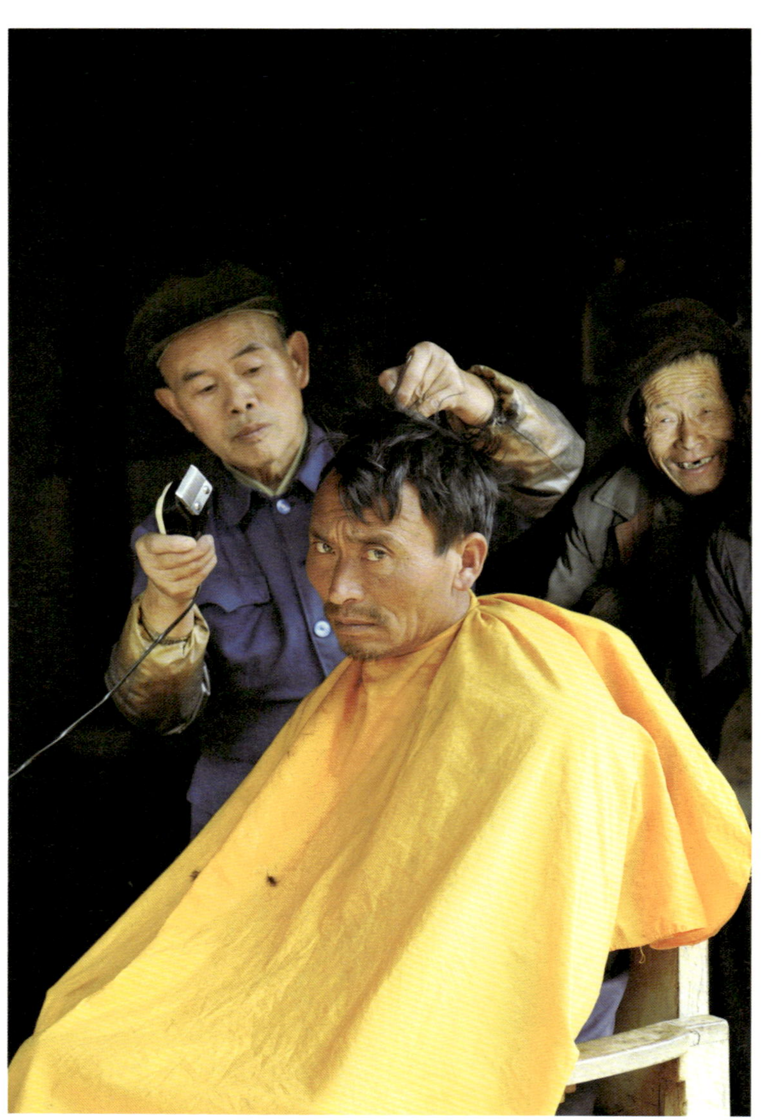

礼州，在时光的角落里

大凡去西昌，除较远的泸沽湖，近处可看的有邛海步道、十排楼老街、泸山，以及礼州古镇。相比之下，邛海边烧烤别有风味，十排楼是20世纪80年代的旧迹，其中一街道直名“仿古街”，泸山除佛堂道观，至多可以看看山上抢食游客花生糖果的群猴，另有礼州小镇还有点人文遗韵。

据资料介绍，20世纪70年代西昌和四川省博物馆联合对礼州遗址进行了两次考古发掘，发现了新石器时代的文化堆积。礼州遗址的时代距今3000多年，是目前凉山境内已经发掘的最早的古代文化遗存，也是金沙江中游地区已发展的重要新石器时代遗址之一。而我不是考古研究者，对历史凭吊不感兴趣，只是利用一上午时间在镇里游荡，拍了一些所谓“纪实类”的小片。西昌最不缺少的是阳光，礼州也不例外，上午的太阳照得人眼花脸烫，背着相机穿梭于镇内不一会儿便感觉有些燥热。

行走中的摄影应该是随心的、自由的，同时也有一种对抓拍到美好瞬间的强烈期待。阿兰·德波顿在《旅行的艺术》中说：拍照可以稍稍满足那种拥有的渴望，这种渴望是被一个地方的美丽所激起的，我们对将要失去一幅珍贵的图景的焦虑，会随着快门的每一次闪动而逐渐消失。

礼州古旧交错的老街上，有卖油炸食品的餐店小馆，有保留着20世纪80年代风格的老式理发店和中医诊所，还有卖日杂用品的摊点。菜农挑着新鲜的蔬菜沿街叫卖，各种毛色的土狗趴在路边的屋檐墙角下晒太阳，典型的川西老镇景象。然而走不了几步，就会发现一个人声嘈杂的大屋子，里面灯光昏暗，一台老式彩电摆放在黑暗的角落，屋内一排排旧得脱皮的木条桌上摆满了青花瓷茶杯。老人们沿着条桌挨着坐，有的在聊天，有的在看电视，有的在抽叶子烟袋，有的在呷酒，还有的围着小方桌在打长牌。强烈的紫外线和岁月时光，将他们的脸涂上古铜色并刻下纵横沟壑。

茶社的生意很好，不停地有三三两两的老人从阳光里跑进来融入这个幽暗的环境。忙乱中的茶社女老板见我不买茶喝，只知道堵在过道里对着各式茶客不停地“咔嚓”，心生不满地说我妨碍生意，我拍了一通后只好讪讪退出。不过我并没有就此罢手，到其他茶社继续“偷猎”。后来我意识到这种“入侵式”“干扰式”的拍摄既不礼貌也无法获得理想的效果，同时引发了我对街头摄影的反思。

让人意外的是，这些茶社的老人们，大多穿着二十世纪七八十年代才有的蓝布衫，头戴军绿鸭舌帽，看见我的镜头对着他们却是一脸的从容，不像那些青年人看见我端起相机就慌忙躲避。老人要么开心地朝镜头笑，要么装着没看见继续做自己的事，要么突然收敛笑容一副正襟危坐的样子，如拍证件照一般。

五角钱一杯茶，他们可以在那里待上一天。这里除了喝茶打牌看电视没有其他的娱乐活动，茶社就是老人之家。看他们的悠闲和自得其乐，让人想起冯友兰[①]的“人生境界说”。对于人生四个层次的境界：自然境界、功利境界、道德境界和天地境界，他们又属于哪一个境界呢？相比那些熙熙攘攘的都市中人，他们的幸福感会不会更强呢？看着那些定格在镜头里的笑脸和满足，这或许可以让我们不难理解：构成幸福的关键因素并非是物质的或审美的，而永远是心理的。

注释：

①冯友兰（1895—1990），字芝生，河南唐河县人。中国当代著名哲学家、教育家，其哲学作品为中国哲学史的学科建设做出了重大贡献，被誉为“现代新儒家”。

老镇的街坊，四川西昌礼州镇，2011年。

茶铺与老人，四川西昌礼州镇，2011年。

静静的李庄

我说你是人间的四月天，
笑声点亮了四面风；
轻灵在春的光艳中交舞着变，
你是四月早天里的云烟，
黄昏吹着风的软，
星子在无意中闪，细雨点洒在花前。
……
——《你是人间的四月天》[①]

往昔已随云烟散尽，去李庄走走，不需要太多的逗留，因为李庄，早已不是现在的李庄，也不是将来的李庄，它只存在于那一段战火纷飞的岁月，只存在于与它命运紧密相连的中华学界。去李庄，如果说那是一种精神的朝圣或许过于凝重，那么我们不妨说是对那个时代巨擘们发自内心的亲近与缅怀。

在李庄，那些人间四月天的情感纠葛，那些因为“太太的客厅”带来的恩怨纷争，那些民国文人的逸闻轶事，都已经不重要了。在抗战的危难之时，李庄用它开阔的胸怀，接纳了同济大学、中央研究院历史语言研究所、中央博物院、中国营造学社、金陵大学文科研究所等机构，迎来了傅斯年、李济、吴定良、董作宾、夏乃鼎、梁思成[②]、林徽因、童第周等学界泰斗精英。在那个时局动荡、硝烟弥漫的年代，李庄在苦难贫瘠的土地上，在悲壮的历史氛围中，用学术接力作为生命抵抗，彰显着一种隐忍不屈的精神力量。

李庄，素称“万里长江第一古镇”，位于宜宾市东约20公里的长江南岸，南北朝时期起，设六同郡、南广县、戎州。李庄均为郡治、县治、州治，历隋、唐，直至北宋初年，前后历时400余年。宜宾，地处长江边上，是南方丝绸之路“五尺道”的重要驿站，以名酒五粮液闻名于世。除了五粮液，宜宾还盛产竹子，电影《卧虎藏龙》里李慕白在竹林中飘逸飞舞的外景就在宜宾蜀南竹海。夏天到竹海避暑休闲成为近年来的旅游热点，而宜宾的李庄，却鲜有热闹的景象。

从宜宾到李庄并不远，车站有滚动发出的班车。那一天清晨，我从宾馆出来买了一张去李庄的班车票。车上多为当地农民，行进的公路两旁多见郁郁葱葱的竹子，远处的山间田埂、村寨老屋，让人感觉时光在倒流。到达古镇可从麻柳街进入，李庄游客很少，一些店铺已开门营业。遇一古庙，正门雕刻着竖行的“天上宫”字样，建于清代道光二十五年（1845年），后更名“玉佛寺”。丁字街口向右拐，见屋头匾牌写着“正街老茶馆”，门里几位老人三三两两地围着木桌喝茶。老板见我在对着茶馆拍照，朝我指了指旁边的一个光头茶客，说他是最地道的李庄人，已经70多岁，姓蒲。蒲大爷健谈，圆圆的头型、白胖的体型，和蔼言笑之色如弥勒佛，正与茶友滔滔不绝地发表对时政的评论。

对于那个兵荒马乱的年月，动荡不安的时局与国人命运休戚相关。1937年7月28日，北平沦陷，8月末梁思成收到署名“东亚共荣协会”的请柬，他知道日本人已在打自己的主意，于是与林徽因商定，迅速离开北平。9月5日凌晨6点，梁思成、林徽因一家离开北平北总布胡同三号的家，踏上漫漫逃难之路。经天津、青岛、济南、郑州、武汉，到达长沙，刚刚安顿下来，又突然遭到了一次惨烈的空袭。12月8日清晨，死里逃生的一家人又迁往昆明。1940年冬，中央研究院历史语言研究所迁往李庄，梁思成、林徽因所在的营造学社为了依靠史语所的图书资料也被迫跟随到李庄安营扎寨。他们一路的颠沛流离、仓皇躲藏和困顿疲乏不过是千万南迁人群的小小缩影。

今天的李庄已听不见空袭的惊恐鸣笛，只有柴门转动的吱呀声偶尔打破镇上的宁静。古镇中的老街巷子基本保持了原貌，不像其他老镇被“仿古”得面目全非，也没有过多的商业气息，部分居民在门口摆摊出售一些其他旅游景点都能见到的小商品。或许是我去得早，没有喧闹的人流，只有静谧的巷道，有意思的是，还偶然遇到了李庄的“活地图”。

在席子巷里，有一个门口摆满大小书籍的摊点。门里一个50多岁的清癯老人穿着白色的老式丝质褂衫正在剥蚕豆，见我浏览他的商品，立即起身向我介绍：这都是他写的一些书。他就是“活地图”——左照环，在这深深小巷里藏着的一位文化笔耕者。也许是对写书人的崇敬，我当即选了他著的《古镇李庄》和一本图片集。老人很高兴，问了我名字，用钢笔在扉页上工工整整地写下他的签名，并认真盖上印章。老先生的父亲叫左鹤鸣，是同济大学的学生，曾经在新中国成立前任国民政府南溪县地政科科长，后来因此身份在“文革”期间使左照环受牵连入狱。小时候没读过几年书的他，凭着自己的勤奋和聪慧，在文学写作和历史文化研究方面取得了一定成绩，为宣传和发掘李庄做出了不少贡献，还接受过中央电视台、凤凰卫视等媒体采访。10年前夫妻双双从食品厂下岗，生活拮据的他没有钱出书，因此这本20多万字的《古镇李庄》，只能在朋友的帮助下以内部出版物的方式发行，是为遗憾。他指着头顶上的店名“李庄古镇书屋”说是梁思成的弟子罗哲文所题。

罗哲文是梁思成在宜宾收的弟子，那时他才十几岁，常常与老师的儿子趴在地上打弹珠玩，还被师长们写打油诗嘲笑不思进取，也许当初不谙世事的他还感受不到那个时代的特殊氛围，更体味不到李庄岁月的苦难。梁再冰[③]回忆当时的居住条件说：“两间陋室低矮、阴暗、潮湿，竹篾抹泥为墙，顶上席棚是蛇鼠经常出没的地方，床上又常出现成群结队的臭虫，没有自来水和电灯，煤油也须节约使用，夜间只能靠一两盏菜油灯照明……”

更为糟糕的是，入川后的林徽因肺结核病复发，来势凶猛，李庄没有任何医疗条件，看着妻子痛苦挣扎、消瘦得不成人形的样子，梁思成内心承受着巨大的煎熬。生活总要继续，梁思成学会自己给林徽因打针，学会了做饭、腌菜、蒸馒头，没有钱就把派克笔、手表拿去典当。为了忘记苦难，他们诵读唐诗，梦想战争结束去敦煌……

在最艰难的日子里，不发烧时，林徽因一边尽力操持家务，一边大量做读书笔记，为梁思成撰写建筑学术论著做准备。梁思成一边照顾妻子和两个孩子，一边继续工作。即便经费极度枯竭，他仍与营造学社的同事开展古建筑调查，举办设计竞赛，实施建筑教育，复刊《中国营造学社汇刊》，继续研究《营造法式》并取得重大突破，在两年内完成了我国第一本《中国建筑史》和英文版的《图像中国建筑史》。他和中国学界实现了“《中国建筑史》要由中国人来写”的夙愿，这是李庄的骄傲，更是国人的自豪！

即便苦难如磐石，诗意总会穿过缝隙探出怒放的绿芽。林徽因堪称中国第一位女性建筑学家，同时也被胡适誉为“中国一代才女”。她在李庄写下了《一天》《十一月的小村》《忧郁》等诗作。“黄昏黯然，无言地走开，孤单地，沉默地，我投入夜的怀抱！”“十一月的小村外是怎样个去处？是这渺茫江边淡泊的天，是这映红了的叶子疏疏隔着雾；是乡愁，是这许多说不出的寂寞……”虽然调子感伤、悲凉，但在那个没有闺蜜，没有诗友，没有传媒，更没有互联网的僻静小镇，向世界发出心底的喟叹，倾吐胸中块垒是何等必要的宣泄，或许除了梁思成、金岳霖和从美国远道而来的费慰梅聊可慰藉，余下的就仅有案前的一叠土纸，窗外的一棵桂圆树，一丛芭蕉了。当无力化为有力，当绝望汇成希望，让观者从文字里读到了一种悲壮的力量。

告别老人，继续往前，我穿过几条小街，来到一个叫“羊街”的巷子。墙头上有一些清代晚期风格的飞檐和雕琢花卉动物图案的墙砖，屋顶都是青瓦。刘家院子里面摆满了竹椅子，进门处贴着抗战时李庄著名的十六字电文“同大迁川，李庄欢迎，一切需要，地方供给”。在下一路口见一小指示牌“李济旧居”。著名人类学家、考古学家、中国科学考古发掘研究的奠基人李济，1940年至1946年就工作生活于此地，可惜我去的时候已是房门紧闭。

不到半日，已匆匆走完李庄。站在雾蒙蒙的长江边，几艘驳船正停靠在岸。从明代开始李庄就成为长江水路重镇，也是明末清初“湖广填四川”大规模移民的接纳码头。后来小小的李庄又成为抗战期间保存中华民族文化命脉，周转容纳军事民用物资的重要集散地。南方丝绸之路上的繁忙喧嚣早已化作昔日尘埃，曾经大师云集之地，也逐渐在历史长河中归于平静。

大师远去再无大师，仰望李庄那苍凉的天幕上，只剩下寥落、空寂。

注释：

①《你是人间四月天》是林徽因的经典诗作，最初发表于《学文》一卷一期（1934年4月5日）。

②梁思成（1901—1972），广东省新会人，梁启超之长子，建筑大师，中国科学史事业的开拓者，著名的建筑学家和建筑教育家，中国古建筑研究领域的著名学者，新中国成立后致力于保护古建筑的旗帜性人物。

③梁再冰，1929年8月生于沈阳。梁思成、林徽因之女。早年曾就读于北京大学西语系，后担任新华社记者，曾与丈夫于杭一起先后在英国、澳大利亚和香港作为新华社驻外记者工作多年，1991年退休。

千年罗泉 京都豆腐

有人说，人类的历史是嗅着盐味前进的历史。

中国是世界第一产盐大国，而最大的井盐产地就在四川。产盐之地必有美食，如自贡的盐帮菜，乐山的西坝豆腐等，在四川已是家喻户晓。这里要说的罗泉镇，地处四川省内江市资中县境内，坐落于沱江支流珠溪河旁，名为中国的100个千年古镇之一，不论是古镇本身还是与盐有关的历史都鲜有人知。

因清朝中叶盐井的发现，罗泉镇当时商贾云集，热闹异常，井盐曾于1925年获巴黎世界博览会金奖。而如今只留下一座保存尚且完好的盐神庙，这也是全国唯一敬奉管仲为盐神的庙宇。

罗泉镇以盐起家，却因辛亥保路运动中著名的“罗泉会议”而载入中国近代革命史册。此外，在古建筑方面据说存在过历史悠久、造型典雅、风格独特的九宫八庙四大井和状如游龙的五里长街。但是这些古建筑已看不到实物，更找不到详细的文献记载了。

早年曾有日本学者断言，中国已经不存在唐朝以前的木结构建筑，要看唐朝的建筑，唯有去日本京都、奈良了。但建筑学者梁思成却坚信在国内的某个偏僻角落，一定还有唐代建筑物，1937年他与妻子林徽因，经过长途跋涉，历经千辛万苦，终于在五台山发现了唐代建筑佛光寺，然而遗憾的是这也是唯一国内留有唐代建筑的孤证。

为了摸清中国到底还有多少古建筑，当时的建筑界精英发起了一场浩大的调查活动。抗战期间，1939年9月梁思成、刘敦桢等人在四川开始了他们计划已久的古建筑调查。从成都出发，历时半年，往返于岷江沿岸、川陕公路沿线、嘉陵江沿岸，共计跑了35个县，跑遍了大半个四川，调查古建、崖墓、摩崖、石刻、汉阙等730余处。这也是历史上著名的中国营造学社[①]最后一次野外调查，搜集到了大量的珍贵数据。或许他们当年路过此地对“九宫八庙”做过考察也不得而知。

我想，在那样一个年代，中国的知识分子精英们必定饱含着爱国热忱，要把中华文化保护好，就算被战争毁了，也要对珍贵的古迹进行精确的测绘，将之拍摄、描摹下来，为后世子孙留下一笔宝贵的民族文化财富。

可惜的是，抗日战争胜利后，营造学社迁回北京。经历了战争的蹂躏，作为一个民间学术团体，营造学社资金日渐紧张，学社的创办者朱启钤先生也已家资散尽，无力维系，之后学社在社会上的影响日渐微弱，渐渐不为人知，于1946年无声地消失了。

当我驱车到达罗泉镇时，早年盐卤工业的浓烈气息早已烟消云散，唯有一座盐神庙孤独地守候在镇口。进入庙内，一只黑灰色的香炉立在大殿前的台阶上，依稀燃着香火，几个善男信女和道士正在打牌，没有几个游客。入口处有一川剧戏台，空荡无人，中午的太阳照得飞檐泛着白光，似乎提醒着人们，这里曾经锣鼓热闹，清音绕梁。

街巷，两旁多为陈年旧居，让我对嗅觉灵敏的商业触角没有蔓延至此而感到庆幸。走在巷子里，抬头看天，一些清代墙体建筑，如鹤立鸡群般出现在寻常民居的屋檐上头。没有失望，也没有惊喜，古镇上人们的生活依然与市井无异。

晌午时分，已是饥肠辘辘，我在古镇入口不远处找了一家餐馆吃午饭。据说罗泉镇的豆腐宴出名，今天特地来品尝。听女老板兼主厨介绍，在镇上光豆腐就有十多种做法。在镇里闲逛，常常会看到路边的店铺摆着制作好的各式豆腐放在被油脂浸润成金黄色的簸箕里卖。我点了“怀胎”豆腐（豆腐里夹肉馅）、豆干炒肉、红烧豆腐和蔬菜豆腐汤。

说起豆腐，别看它只是一块小东西，学问大了。有一句俗语叫“卤水点豆腐，一物降一物”，这起源于豆腐的制作工艺。豆腐的制作流程很简单：把黄豆浸在水里，泡胀变软后，磨成豆浆，再滤去豆渣，煮开。这时候，黄豆里的蛋白质团粒散落飘动在水里，聚不到一块儿，形成了“胶体”溶液。要使胶体溶液变成豆腐，必须点卤。点卤一般用盐卤或石膏，盐卤主要含氯化镁，石膏是硫酸钙，它们能使分散的蛋白质团粒很快地聚合凝结，形成白花花的豆腐脑，再挤出水分，豆腐脑就变成了豆腐。

中国的豆腐美食可谓南北争艳，如云南建水豆腐球、大理乳扇、内蒙古乌珠穆沁草原的奶豆腐、安徽徽州的毛豆腐等，不胜枚举。各式风味的豆腐已经成为人类饮食文化中不可或缺的奇丽风景。

豆腐最早是中国人发明的，8世纪到9世纪末，在中日文化往来交流中，豆腐制作技术传到了日本。

在中国，豆腐是平民食品，而在传入日本的几个世纪里，却只有上层统治阶级和佛教僧人才能享用。日本至今保持着传统的豆腐制作工艺，当然，日本人不满足于学习和继承，他们结合本地文化发明了新的品种，如脱水冻豆腐、绢豆腐等。在那里人们还能看到豆腐贩子推着小车沿街挨家挨户地叫卖，成为社区邻里服务中特有的景观。我只记得在小时候小商贩会挑着豆腐担子走家串户，每当听见他们的吆喝声，大人就会让我们揣上一只大碗和五毛钱，从贩子那里捧回一大块白白嫩嫩的豆腐来。

水是豆腐的灵魂。日本最好的豆腐来自京都，与当地的水质有很大的关系。京都含有丰富的地下水，政府有严格的水质监测和保护措施，京都的井水清甜，口感细腻，可以直接饮用。他们直接从地下提取井水，用盐卤作为凝结剂，采用非转基因的日本大豆为原料。煮出来的豆腐肉质嫩滑而又富有弹性，还散发着豆汁的清香。在亭台流水、古琴伴奏、净空明月的用餐环境下，配以素雅的细瓷餐具，让人在品尝豆腐的馨鲜中感受到生活所蕴藏的缕缕“禅”意。

当我还在罗泉古镇上臆想着京都豆腐时，忙活了半天的老板已为我们端上各种菜品，在绘着中国民俗喜庆釉彩的白色瓷盘、汤碗里，在绿蔬红果的点衬下，姿态各异的罗泉豆腐散发着浓浓的香气。味蕾被瞬间挑逗，立刻腮帮子发酸，口水打转，若不挽袖下筷，真的是“暴殄天物”了。

值得深思的是，在罗泉，古建筑已经消失，豆腐的味道似乎还有延续，而在遥远的京都，不但可以品尝到原汁原味的豆腐，还可以看到原汁原味的中国古建筑。

注释：

①中国营造学社（Society for the Study of Chinese Architecture），中国私人兴办的、研究中国传统营造学的学术团体。创建于1929年北京，朱启钤任社长，梁思成、刘敦桢分别担任法式、文献组的主任。学社从事古代建筑实例的调查、研究和测绘，以及文献资料搜集、整理和研究，编辑出版《中国营造学社汇刊》，1946年停止活动。中国营造学社为中国古代建筑史研究做出重大贡献。

烟雨柳江 南国往事

霏雨茫茫，两岸青瓦灰墙；烟波荡漾，云中琵琶悠长。苍山黛色下的柳江古镇，绝对具有江南水墨画卷的韵味。

柳江古镇，依山傍水，位于四川省眉山市洪雅县城，始建于南宋绍兴十年（1140年）。清代中期，因镇上柳、姜两姓族人合资修建了一条石板长街而命名为“柳姜场”，后随时间的更替，演变为今天的镇名。

细雨曼舞的清晨，我有幸行走在此幻境中，穿过迷雾，又仿佛看到了柳江镇上曾经的往事。

一名长者模样的先生身着长衫，沿着花溪河边缓缓踱步，身后几个年轻学生跟随左右。先生突然停下脚步，望着对岸正在削刨木料的木匠出神。先生捋了捋胡须道：“你们跟我有些时日了，不知道你们学业是否有长进？”弟子们面面相觑。“今天我就来出题考考你们，就以‘木匠解①木’为题，谁能用四书里的一句话来破题？”

半晌，众弟子抓头挠耳谁也答不上来。先生见状心中不悦，刚要教训，却听见附近传来一个童声：“我晓得！”老者转身一看，是个光着脚丫笑嘻嘻地盯着他的小孩。便问道：“你能答得起？”那孩子不假思索：“那是厚往薄来嘛！”不错，不错，先生心生惊讶：“你没念书，咋晓得四书的句子呢？”小孩不慌不忙地说：“我每天都到这儿放牛，偷偷地躲在窗外听先生教书，先生教一遍，我跟着念一遍，先生教三遍，一日三次，就背得了。”

小孩大声地背诵起《论语》《中庸》来，朗朗如流水。“你有这么好的记性，为啥不读书？”小孩嘟着嘴说：“没钱呀！”先生便说：“我不要你的钱，来读书吧。”

这位长者就是中国清代著名的书法家张带江，而小孩名叫曾璧光，后成为他的得意门生和爱婿，进入朝廷奉诏照料恭亲王奕訢、醇郡王奕譞读书，后来官拜贵州巡抚。

老者，学童，书法，励志的往事，似乎更增添了柳江的人文底蕴。今天的柳江古镇，遗存了部分旧有的花木和建筑，如黄葛、麻柳古树，石板长街。岸边一株据说已有两百年树龄的黄桷兰，高达数十米，枝繁叶茂，花香袭人。与这株黄桷兰一墙之隔的曾家大院中还有一株奇树，树上挂满了像豇豆般细细长长的果实。当地没人知道它的名字，也没人知道它的来历，人们形象地称它为“豇豆树”。

蒙蒙翠夏，潇潇细雨，是游历柳江古镇的绝佳时节。晨色中，游人甚少，只有几个垂钓的老翁和一些老年摄影爱好者在岸边取景。街巷里，雨润后的青石板发着油亮的光，每一块石头映照着近九百年的熙来攘往。一些小吃店铺陆陆续续开张，蒸笼煮锅冒着腾腾热气，店招上那些诸如豆花饭、叶儿粑、米粑、糖心油炸粑、酸豆腐脑、肥肠豇豆粉、白宰钵钵鸡、老腊肉等食名，望着就让人垂涎欲滴，更不要说那些味美可口的当地河鲜了。

我行走在古镇两岸，头发和衣衫逐渐被打湿，只好站在枝叶繁茂如盖的大榕树下躲避、停歇。因其得天独厚的自然环境，从清代至民国，柳江便是洪雅县政治、经济、文化的中心，水陆交通便利，具有丰富的自然资源，纵横百里的原始森林，一望无际的幽篁竹海，木业、纸业发达，还有煤铁矿产，有雅连、牛夕、五倍子、天麻、厚卜、杜仲、黄柏等天然药材和笋子等土特产……

雨滴大了起来，步履匆匆中，我走入街边一家小店，点了一碗肥肠粉，坐在门旁的木凳上，一边在品尝中看着细雨将清幽的石板路慢慢润泽，慢慢涂上一层油光，一边回味关于柳江镇的过往。

岁月虽然已经久远，但在历史的雾幔中依稀还能辨认出曾经的风物人杰。在柳江镇，出现过地位显赫的“四大家族”，俗称“曾家的房子，张家的女子，杨家的顶子，何家的谷子”，意思是曾家房子修得最气派，张家出美女，杨家官做得大（顶子指官帽），而何家是米多的地主。他们的代表人物分别是曾璧光、张带江、杨茂修、何肇南。当然对于普通老百姓来说，他们只关注富贵贫穷和家长里短，因为这些与他们的生存世界是息息相关的，是最为务实的。能攀上“土豪”“官绅”就是前辈子修来的福气，能嫁入豪门便可享受荣华富贵，更有甚者卖身求荣、叛国投敌。因此，当时的知识精英们就像“鲁迅”们，更加感到启迪民智的重要性，他们仿佛潜移默化地深知自身的职责，凭一己之力，鼓呼呐喊。

如杨茂修，其一生颇有传奇。他曾经留学法国，娶了瑞典豪门之女玛丽·安妮，回国后在1947年受《华西日报》社长赵星洲之聘，担任该报副刊主编，笔名“傻瓜”，在报社发表《傻话》，以辛辣讽刺的笔调，揭露和抨击当时社会的黑暗腐败和官场丑态，为民众伸张正义。应该说作为“海归人士”，抱得美人衣锦还乡，过着富足而又有地位的生活已是修成正果，为何还要口诛笔伐，“冒天下之大不韪”攻击当局？又或者他为何不举家移民海外过上安逸的日子，做到“眼不见心不烦”？究竟什么缘由不得而知，但在那样的时代，如此行为举止和行事风格已算“另类”，放在今天，这种“不合常理”的特立独行和针砭时弊的胆识更显可敬可贵。

此外，1857年生于洪雅的萧开泰，是一个充满想象力的发明家。少时勤奋好学，尤喜钻研数学。后入京师同文馆（北京师范大学前身）学习，并留学日本。甲午战争后，上书总理各国事务衙门，建议测绘、战器、开矿、筑路等数十事。其中有制火镜一条，提出“引日光以发火”焚毁敌人军舰，可惜清廷未予采纳，斥之为无稽之谈。报国无门，他只好“军转民”，利用太阳能烤熟肉食，他或许是世界上最早将绿色低碳能源用于烹饪的发明家吧。再次证明，中国并不缺少人才，他们只是生不逢时罢了……

天色已敞亮，思绪渐渐收回，眺望柳江两岸，雾随风变，苍翠依然。正所谓：白发渔樵江渚上，惯看秋月春风，一壶浊酒喜相逢，古今多少事，都付笑谈中。

注释：

①解，四川方言，音gai，意为改制、加工。

茶
茶
閣

四川 | 柳江古镇

柳江古镇，位于四川省眉山市洪雅县城，始建于南宋绍兴十年（1140年）。清代中期，因镇上柳、姜两姓族人合资修建了一条石板长街而命名为“柳姜场”，后演变为今天的镇名。清晨细雨曼舞，黛色葱茏，我有幸行走在此幻境中，穿过迷雾，又仿佛看到了柳江镇上曾经的往事。

藏地与茶马古道

"崎岖鸟道锁雄边，一路青云直上天。"清代诗人在一首七律《茶庵鸟道》中描写了一条在历史上可以与丝绸之路媲美的古老通道，它存在于横断山脉的高山峡谷，存在于滇、川、藏"大三角"地带的丛林草莽之中，这条神秘的古道，就是世界上地势最高的文明文化传播古道之一的"茶马古道"。源于古代西南边疆和西北边疆的茶马互市（即贩茶换马，茶、马皆为商品），兴于唐宋，盛于明清。茶马古道分川藏、滇藏两路，一是川藏茶马古道，二是滇藏茶马古道，连接川滇藏，延伸入不丹、尼泊尔、印度境内，直达西亚、西非红海海岸。

川藏茶马古道始于唐代，以今四川雅安一带产茶区为起点，进入康定后，又分成南、北两条支线：北线经道孚、炉霍、甘孜、德格、江达、抵达昌都（即今川藏公路的北线），再通往拉萨；南线则经雅江、理塘、巴塘、芒康、左贡至昌都（即今川藏公路的南线），再到达拉萨。经拉萨后通到不丹、尼泊尔和印度。川藏茶马古道全长4000余公里，已有1300多年历史，具有深厚的历史积淀和文化底蕴，是古代西藏和内地联系必不可少的桥梁和纽带。

茶马古道是中国西南地区上千年以来以马帮为交通工具的民间国际商贸大通道，是民族经济文化交流的大走廊，是佛教东传之路，是世界上自然风光最壮观、文化最神奇的交通线，是人类历史上海拔最高、通行难度最大的高原文明古道。

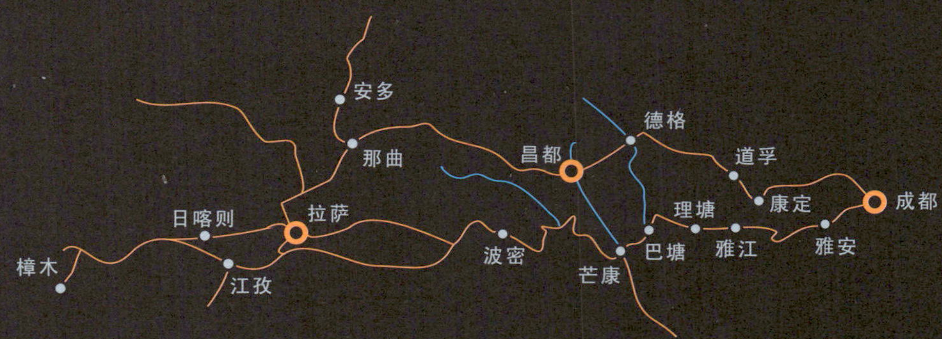

CHAPTER 4

寻　心·藏地

周围的山长满了长松等乔木所形成的高寒针叶林，湖面如镜，似临天池。我绕着湖岸走向对面，穿梭在林间，偶见杜鹃花盛开朵朵，白如兰，粉若桃，姿态万千，好似在迷茫幻境中邂逅绿野仙踪。此时，一个藏族老阿妈从路边行来，我们双手合十，相互念道：“扎西德勒！”

甘孜 | 塔公草原

塔公，藏语为“菩萨喜欢的地方”，位于康定城西北部113公里，海拔3730米。塔公草原面积为712.37平方公里，地势起伏和缓，水草丰茂。牧场四季花草变换，帐篷炊烟袅袅，奶茶飘香，牧歌阵阵。远处屹立的雅拉雪山系藏区四大神山之一，常年云雾笼罩，据说只有人品好的有缘人才能看到，近处的木雅经塔在夕阳下金碧辉煌。

关于“康”

对很多人来说，提到藏区，一般都会很快联想到西藏、雪域高原、布达拉宫等。其实藏区的地理范围和文化含义并不仅仅局限在西藏。

在藏族传统的地理概念中，将整个藏区分为卫藏、安多和康三大区域，即通常所说的“藏区三部”或“藏地三区”。从历史与文化看，三区不但在历史上是互不相隶的行政区域，而且在文化上也存在各自的地域性特色。

“藏区”泛指包括藏、青、甘、川、滇五个省区内的藏族自治地方，即现今西藏自治区、青海省的果洛、玉树、海西、海北、黄南、海南藏族自治州，甘肃的甘南藏族自治州，四川省的阿坝、甘孜藏族自治州，云南的迪庆藏族自治州，四川凉山州的木里藏族自治县和甘肃省的天祝藏族自治县。还包括五省区内自治州、县以外地区的一些藏区聚居区和藏族乡。

康（Khams）又作“喀木”，在藏语中含有“大地”“躯干”“种子”等多种意思。藏文化中的康区，主要为现在的四川甘孜藏族自治州、西藏昌都地区、云南迪庆藏族自治州和青海玉树藏族自治州等。今天常说的“康巴”一词，在藏语中本意为“康人”，泛指居住在康区范围内的藏族。因此康区与康巴地区简称为康巴。

康巴除了表示我国藏区历史上的一个地理区域概念之外，同时也是藏区的一个文化区域概念。在藏族中，习惯上将卫藏地区喻为佛法兴盛区（简称“法区”）；将安多地区喻为牧业兴盛区（简称“马区”）；将康巴地区喻为人之兴盛区（简称“人区”）。这就是藏人广为流传的文化分类俗语：“安多的马，康巴的人，卫藏的教。”

卧鹿与法轮，塔公寺，四川甘孜州，2011年。

康巴地处青藏高原横断山系地区，境内的主要山脉如他念他翁山脉、宁静山脉、云岭山脉、沙鲁里山脉、大雪山脉、邛崃山脉，以及主要河流怒江、澜沧江、金沙江、雅砻江、大渡河纵贯并行，形成了一条连接西北、西南的天然通道，被学术界称为“藏彝民族走廊”。加上区内的汉、纳西、羌、彝等民族之间的交流融合，创造了绚丽多姿的康巴文化。康巴文化以藏族文化为主体，兼容其他民族文化，具有多元性、复合性等特色的区域性文化。长期以来康巴地区作为汉藏结合部，成为汉藏政治、经济和文化交汇的枢纽和通道，再加上长期以来与羌、纳西、彝、蒙古等其他民族的交流，形成了多姿多彩的独特民风民俗。

属于康巴地域范围的甘孜藏区，除了美丽的西部高原风情，还有丰富的人文底蕴：4000多公里直达印度的川藏茶马古道，700多座藏传佛教寺庙，丹巴美人与康巴汉子，藏寨神秘古碉与道孚精美民居，格萨尔王[①]的故乡，“世间最美的情郎”六世达赖喇嘛仓央嘉措[②]的转世灵童诞生之地，世界上最大的五明佛学院，经四代土司历时30年建成的“西藏文化宝藏”……

注释：

①格萨尔王（1038—1119），16岁赛马选王并登位，遂进住岭国都城森周达泽宗并娶珠姆为妻。格萨尔一生降妖伏魔，除暴安良，南征北战，统一了大小150多个部落。在藏族的传说里是莲花生大师的化身，成为藏族人民引以为自豪的旷世英雄。甘孜德格为格萨尔王传说最集中的地区。

②六世达赖仓央嘉措（1683—？），西藏历史上著名的人物。1697年，14岁的仓央嘉措被选定为五世达赖的“转世灵童”，于拉萨布达拉宫举行坐床典礼，成为六世达赖喇嘛。据传，仓央嘉措25岁时，作为上层统治阶级争权夺利的牺牲品，开始了自己的流浪生活。先后周游了我国青海、甘肃、蒙古、四川、西藏以及印度、尼泊尔等地。著有《仓央嘉措情歌》。在佛的世界里，他是一个“异类”，敢于突破世俗；在人的世界里，他被称为“世间最美的情郎”，敢于追求真爱。

甘孜 | 经幡

拍摄这幅照片，让我想起佛家的一个有名的典故（公案）。六祖慧能得法后辗转至广州法性寺。一日，风吹旗幡，幡随风动，有一僧说是“风动”，另一僧反驳说是“幡动”，二人争论不休，六祖慧能走上前对他们说：“既不是风动，也不是幡动，而是两位仁者的心在动！”

康定，只为那首情歌

从成都到甘孜州，经雅安，走天全，穿越二郎山隧道。如果是夏天，沿途两旁是苍翠的碧野，山谷里习习凉风时常穿透着行旅人的心。而在冬春之季，二郎山隧道的一侧是冰天雪地、阴霾满天，一旦冲出隧道后，将迎来另外一番天地——满目的灿烂阳光与蓝天白云。这一条时光的隧道，连接着截然相反的两个世界，一边是冰冷阴郁包裹下的尘世，一边是空旷高远的辽原。

跑马溜溜的山上，一朵溜溜的云哟
端端溜溜地照在，康定溜溜的城哟

到康定不得不提到这首红遍天下的歌曲《康定情歌》。曾经以为这是王洛宾[①]所作，后来得知是由四川宣汉的李依若创作于20世纪40年代，产生于康定本地的一首民歌。虽然那个“跑马溜溜的山”名气很大，可要是你想要亲自去实地寻访一定会大失所望。

其实还有一部也叫《康定情歌》的电影，由苏有朋、居文沛和蒲巴甲主演，讲的是1950年解放军进驻甘孜，修建川藏铁路。刚刚大学毕业的地质专业技术员李苏杰（苏有朋饰）随军前来，怀着一腔热情报效祖国。一次偶然的机会，解放军搭救了一个落水的贵族，在李苏杰的提议下，贵族释放了两个农奴，其中包括名叫达娃（居文沛饰）的藏族姑娘。李苏杰砸烂了达娃的锁链，也打开了她闭锁的心灵……虽然这是一部“主旋律”，但是里面情感真挚，有笑有泪，把80、90后都感动得稀里哗啦，有人评价说这是一部被市场低估了的影片佳作。

康定，旧称打箭炉，颇有金戈铁马的味道，也是川藏茶马古道进入藏区后的起点站。康定县城不大，却是甘孜州的州府。“甘孜”系藏语，意为洁白、美丽，原为寺庙名，古称“朵甘思”。

甘孜是诞生英雄和传奇的地方，这片土地哺育着丹巴美人和康巴汉子。格萨尔王，藏族人民引以为自豪的旷世英雄，其诞生地就在四川甘孜州德格县阿须草原。长篇史诗《格萨尔王》被誉为活着的世界最长史诗。一方水土养育一方人，这尚未被工业污染、商业破坏的圣洁之地，还能让我们向往多久？

那一刻我升起风马，不为祈福，只为守候你的到来；
那一日垒起玛尼堆，不为修德，只为投下心湖的石子；
那一月我摇动所有的经筒，不为超度，只为触摸你的指尖；
那一年磕长头在山路，不为觐见，只为贴着你的温暖；
这一世转山，不为轮回，只为途中与你相见。
……

据说这是仓央嘉措情歌中传颂最多的版本中的一个，也有人质疑是现代人的借名杜撰之作。“自惭多情污梵行，入山又恐误倾城。世间哪得双全法，不负如来不负卿？”生于1683年的仓央嘉措，是西藏六世达赖活佛。他一生都在为佛法与爱情做痛苦抉择。连活佛尚且为情所困，何况是凡夫俗子。仓央嘉措身为雪域最大的王，在西藏享有至高无上的权力，然而他内心却不快乐，只有在那静寂无人的黑夜，从布达拉宫的边门悄然出行，私会情人才是他无比愉悦的时刻，让他暂时可以变成一个普通人。

人性本善，欲为何物？以享乐为追求的西方古代哲学家伊壁鸠鲁[2]曾说，“如果我把口腹之乐、性爱之欢、悦身之娱、见窈窕倩影而柔情荡漾，一概摈弃，那我将无法设想善为何物”。而佛家认为，“美色淫声、滋味口体，一切皆是苦本”。“贪”“嗔”“痴”三毒是三界一切众生痛苦的根源，只有看透轮回痛苦的本质，消除一切欲望，才能使痛苦彻底灭尽。

无论在都市还是藏地，我常常看见一些修行的年轻僧人，他们中有英俊的沙弥，有秀美的尼姑，情窦初开的年龄，难道就没有情感上的迷惑？在甘孜，有一个叫色达的地方，那里有一所举世闻名的佛学院，是藏传佛教的圣地，常住的喇嘛有1800人，觉姆（对女喇嘛的尊称）2800人，主要来自四川、青海、甘肃等藏族聚居区及其他省市，另外也有个别来自新加坡、中国香港地区等地的弟子到此自作短期求学。到色达，你会看到其他地方难以见到的女修行人，即觉姆。

据一位“驴友”讲，除了奔着研修佛法的求学目标的女子和家境贫寒、孤苦伶仃的女孩子外，那些生活、感情出现危机，人生步入绝境的女人也会出家做女喇嘛。她们与尘世隔绝，没有生活来源，窝身在由塑料布、干草和泥块搭建的低矮棚屋里修行，每天与青灯为伴，吟诵经文，每年还要磕着长头去大大小小的喇嘛庙寄送自己的虔诚，她们坚信通过修行可以为转世祈求一个好的人生。曾经听过一个觉姆的自述故事，她来自广州，是一个有着体面工作和优渥收入的青年干部，她天生丽质，能力优秀，在涉足的工作领域里如鱼得水，前途不可限量。然而，即便是得到上天眷顾的幸运儿，一旦上演爱上不该爱的人，终究落入俗套般的悲惨结局，她被欺骗，被利用，被抛弃……她想到了死亡，想到了同归于尽，甚至想到报复整个社会。不过庆幸的是，她最终走出了厌世的阴影，在佛门中得到心灵的救赎。

这让我想起在《藏传佛学问答——清华博士与藏地格西对谈录》一书中，赛康寺佛学院教师格西索南谈到“爱”与烦恼的根源，颇有意思。他说：“人们对于有、无的执著是非理作意，也就是不合理的思维。在非理作意中生起‘贪’‘嗔’‘痴’种种烦恼：合自己心意就认为是好的，于是起贪心；不合自己心意就认为不好，起嗔心；不好不坏就生起痴心；自己好别人不好就生傲慢心；自己不好别人好就生起嫉妒心；如是生起无量无边的烦恼。对于所贪的事物，人们会生起常见，希望它是永恒的；对于所嗔的事物，人们会生起断见，希望它立刻消失。”

当人们陷于情感的泥沼，执著于无可挽回的局面时，往往因为过不了那道“坎”而变得不理智，各种痛苦亦将尾随而至，人类情感最初的那份“美好”，也就演变为“嫉恨”。从佛家来看，“我执”就是烦恼的根源，断除对于“我”的执著，便可断除一切怨念。

“曾经沧海难为水，除却巫山不是云”，对于男女间的情爱，不同的人生境遇，不同的生命阶段都会有不同的理解。爱情亦有三种境界，“少年出于好奇，青年在于审美，中年归向求知。”当人们走过情感的迷雾，有了岁月的历练，再回顾头来看看过往的曾经，一定会对那时的自己付之莞尔了。

旷世情缘固然美好，却如天籁之音，可遇不可求，我想，漫漫的人生旅途里应该还有更加广阔的风景值得我们去欣赏和期待。

注释：

①王洛宾（1913—1996），北京出生，原名王荣庭，曾用名艾依尼丁，中国作曲家和民族音乐学家。代表作有《达坂城的姑娘》《在那遥远的地方》《半个月亮爬上来》等。

②伊壁鸠鲁（公元前341—公元前270），古希腊哲学家、伊壁鸠鲁学派创始人。

甘孜 | 雅江

雅江，海拔2750米，在历史上是茶马古道艰难行进中可稍作停歇的补给站，对于进入藏区的旅行者来说就是一个调养身心和适应高原环境的驿站。清朝时期，政府为进一步加强对康区和西藏的管理，设置台站，放宽茶叶输藏，康定成为南路边茶总汇之地，雅江则成为川藏茶道中必经的休憩之地。

雅江，行旅中的驿站

走进藏区，仿佛翻开了一部悬疑小说。在迎接那些未可预知的惊奇之前，我们还得适应一下渐进式的铺陈。雅江，就是进入“太虚幻境”的一道城门。

从康定到雅江，要翻越海拔4298米的“康巴第一关”——折多山。其左右分别为雅砻江、大渡河，临接青藏高原。11月的折多山山顶，雪风如刀割，加上缺氧，我不敢久留，一路往山下奔去，于中午12点抵达新都桥。新都桥被誉为“摄影天堂”，但此时已经过了欣赏美景的季节，叶落枝枯，镇上一片萧瑟，我是唯一来此吃饭的客人。

过了新都桥我继续迎着冬日的阳光爬行在第二座高山——4412米的高尔寺山。在山顶垭口孤零零的路牌下，不时有车辆驶过，棉被一样的云朵遮盖着大半个天空，残雪像泡沫一般随意涂抹在形如面包的草甸山丘上，冰风拉扯着白塔上的经幡，发出“哗啦啦”的声音。

雅江县海拔2750米，是进入高海拔地区之前的一个缓冲带。全县人口4.8万，城区不到1万人。傍晚，当我将行李放进宾馆房间后没多久，灯一下子灭了。“停电是家常便饭，哎！”宾馆老板苦笑了一下，过了几分钟，灯又亮了，却听见轰隆隆的机器声，原来是柴油发电机开始发电了。雅江县几乎没有什么工业，这可能与当地有限的电力供应有关。

蜀道难，不仅在高山，也在高原。雅江，在历史上是茶马古道艰难行进中可中途停歇的补给站。清朝时期，政府为进一步加强对康区和西藏的管理，设置台站，放宽茶叶输藏，康定成为南路边茶总汇之地，使川藏茶道进一步繁荣。川藏南路茶道由康定经雅江、理塘、巴塘、江卡、察雅、昌都到达拉萨。川藏道崎岖难行，从康定到拉萨，除跋山涉水之外，还要经过茂密的森林，攀援悬崖绝壁。据说在来往马队相逢之时，进退无路，只得双方协商，将瘦弱马匹丢入悬崖之下，让对方马匹通过。此外还要穿越人烟稀少的草原，汹涌咆哮的河流，高寒巍峨的雪峰。长途运输，风雨兼程，马帮驮队兼有镖局职责，须备武装自卫，携带粮草幕帐随行，风餐露宿，每日行程仅20～30里。高原上，天寒地冷，空气稀薄，气候变化莫测，民谚说："正二三，雪封山；四五六，淋得哭；七八九，稍好走；十冬腊，学狗爬。"形象地描述了行路难的景况。

今天进入藏区，我们比古人要幸福得多，可以乘坐飞机到康定，可以驾驶越野车奔跑在草原，可以穿暖吃饱，躲避风寒，更不会遭遇土匪的烧杀抢掠。但进藏之路，注定是一场疲惫的旅行。雅江，对于藏区旅行者来说就是一个稍作停留、调养身心的驿站。这里地处狭长的河谷地带，可供建筑的地块不多。雅江县城各种高地楼房都局促地拥挤在不足三米宽的街道两旁。五分钟可以走完的街道，常常可以看见不少藏民蹲坐在商店门口或游走在路上。

进入雅江，你会渐渐感受到藏传佛教的气息。谈到佛教，不免又让人疑问：佛从何而生？传说释迦牟尼佛诞生于尼泊尔一个叫蓝毗尼园的地方。净饭王[①]的摩耶夫人途经蓝毗尼园时，看见一棵大树花色鲜艳，枝叶茂盛，举右手欲摘一枝，恰巧从右胁生下了释迦牟尼。佛法起于印度，而佛诞生于尼泊尔。佛教初传入中国，史学界多以东汉明帝时为始，且也带有神话色彩，主要以明帝夜梦金人飞行殿庭，太史傅毅解梦中人为西方大圣人——佛，于是明帝派人到西域访求佛道，终于遇竺法兰、摄摩腾二人，用白马驮回真经，在洛阳立白马寺。

佛教传入藏区也有一些说法。主要以第四十代赞普（吐蕃王号）达玛邬东赞（朗达玛）开展灭佛运动为界，朗达玛之前为前弘期，之后为后弘期。前弘期最为著名的事件是第三十二代吐蕃赞普松赞干布迎娶尼泊尔尺尊公主和唐朝文成公主，两人分别带来了释迦牟尼八岁、十二岁等身像，兴建了大、小昭寺。后弘期中以莲花生大师入藏收服众鬼神，打败西藏本地苯教，建立了宁玛派为弘法之始。到今天，藏传佛教主要分为宁玛、噶举、萨迦和格鲁四大教派。

夜色如漆，放下俗事，伴佛而眠。

注释：

①净饭王，古印度迦毗罗卫国的国王，亦即佛陀的父亲。净饭王姓乔达摩，名字叫首图驮那，意思是纯净的稻米，故称为净饭王，属于释迦族。王后名为摩诃摩耶，是邻国天臂城善觉王的长女。

理塘 | 眺望的羊

理塘县位于四川省甘孜藏族自治州西南部，平均海拔4133.7米。从康定到理塘有285公里，是海拔逐渐攀升的过程。去理塘的路上，常常会碰到一大波黑压压的牦牛或白茫茫的羊群，相向而行，簇拥之时车如泥牛入海，交错过后，牦牛、羊群又扬长而去。清晨，羊群从山丘上冲下来前，领头羊会像将军一样，站在高处瞭望。

走向“世界高城”

洁白的仙鹤，
请把双翅借我一飞，
不会远走高飞，
只到理塘一转就回。

据说这是“世间最美的情郎”——六世达赖喇嘛仓央嘉措在被押解到北京的途中写的最后一首诗。那是一个宁静的夜晚，仓央嘉措走出军帐，漫步在青海湖边，看着碧蓝的湖水，他心中似有无限思绪。他在思念玛吉阿米，抑或他已经参透人生有所顿悟……正当他久久矗立之时，一只白色的仙鹤停在他的身边。他收回凝望远方的目光，抚摸身旁的白鹤，缓缓吟诵着那几句诗歌。也正是这首诗，指引着人们找到了他的转世灵童——七世达赖格桑嘉措，转世灵童的出生地就在甘孜理塘。

在平均海拔4133.7米的理塘县的历史上，除了格桑嘉措，还诞生过许多藏传佛教的名人，如十世达赖喇嘛楚臣嘉措、蒙古佛教精神领袖哲布尊丹巴、拉卜楞寺第五世嘉木样活佛等。

然而，驱车去理塘，必然是一个漫长而令人疲惫的过程。

该路段318国道一直在施工修整，大小车辆开过都会搅动尘土，车身后常常扬起一条长达几十米的黄色“尾巴”。如果不幸尾随其后，易使人在呛人刺鼻的沙尘中迷失方向。随着海拔攀升，到达剪子弯山

口，这是318国道经康巴地区的最高山口之一，海拔4659米。剪子弯山，它的藏语名字叫“惹玛那扎”，意为羊子山口。山口挂满了随风飘动的经幡，地上零零散散撒落着五颜六色的小纸片。那些印着马和经文的方块纸叫“隆达”，意为风马。当地藏民为祈祷全家一年平安和外出顺利，每年新年伊始都要在神灵之地悬挂经幡，路过的人就撒五色风马纸，用风力飘动经幡，飘飞风马纸，向神灵传递祈祷的语言。

在藏区，每一个地方你都会感受到强烈的民族文化。

攀行高原山路途中，进入呷柯乡牛西卡林班地界。我发现路边不远处竟然立着一棵大松树。四周只有枯黄的草甸，唯它孤零零地站在那里，仿佛已沉默数千年。蓝天白云下，炽烈的阳光直射大地，残雪所剩无几。在这海拔4000多米的“天路”上，我们将路遇的松树称之为“树坚强”。其实它更像一个战士，守望着这片土地。在严寒之中，不由让我想起陈毅元帅那首《青松》，“大雪压青松，青松挺且直；要知松高洁，待到雪化时。”

孤独常与英雄伴，此时我看见一只雄鹰箭一般划过蓝色长天。为了拍下这一独特景观，我喘着粗气，缓慢行走在山丘草地上，任凭大风裹挟着雪山的冰冷敲打着暴露在强烈紫外线下的脸。

下午三点，穿过4718米的卡子拉山口时，植被更加稀少，垭口的风吹得头冰凉发痛。

行驶一个多小时，我还在雅江县境内。路过红龙乡时看见一群藏民在几根电杆下拉着什么东西。来自广安的技术工袁小辉告诉我，这里修建的是一条10千伏输电线路和附属的低压线路，约40公里。虽然环境艰苦，设施简陋，但是从参与到该线架设的藏民眼中，我看到的是对早日通电的渴望和对美好生活的向往。

下午六点二十分，过了雅江的柯拉乡后，我终于到达气温已是摄氏零下2度的“世界高城”——理塘。

高原谷地中的理塘县城，四川甘孜州，2013年。

帮忙架设电力线的藏族妇女，四川甘孜州，2011年。

尘世之外的金色佛土

“雪山 青草 美丽的喇嘛庙……”

这一路走来，我见过太多的雪山，见过牦牛如黑芝麻般散落在金色似锦的草地上，也见过远处风中飘扬的五彩经幡。到达理塘那天已经是傍晚，虽然有些疲惫，但想到曾经在书籍和网络上了解到的一座重要的佛家寺院就在县城附近，我还是决定去看看。

夕阳下，理塘县城被斜射的光线镀上一层耀眼的金黄，更营造出一种佛家地域的神秘氛围。我叫了一辆出租车，向城北山坡行驶而去。

按照出租车师傅的建议，我直接到达寺院的最高处——该寺的佛学院，然后慢慢往下走。

长青春科尔寺也叫理塘寺，于1580年由第三世达赖喇嘛索南嘉措创建，是康区历史最悠久、规模最大的藏传佛教格鲁派寺院。“长青春科尔寺”藏语意为弥勒佛妙谛永存，在康巴地区唯有该寺与甘孜色须寺可以授予藏传佛教“格西”①学衔。

长青春科尔寺的僧侣有2000余人，我在佛学院看到很多少年喇嘛在门外的空坝上休息、踢毽子玩耍。他们看到我这样的游客也不惊奇，只是我将镜头对准他们时显得有些拘谨。但是当我在石栏边更换镜头时，一群小喇嘛围了过来，好奇地看着我手中的相机，有的甚至伸手拿起我换下的镜头当作红薯一样把玩起来，还把镜头接口端凑到眼睛前当望远镜观看，让我心头一阵阵发毛。为避免惊吓到他们，我只好连哄带诓让他们将镜头归还。

夕阳下的佛塔，甘孜理塘，2011年。

长青春科尔寺，甘孜理塘，2011年。

告别这些小喇嘛，我继续往下走，夕阳已经下山，天边仅剩下一片鹅黄。傍晚的凉风也让人有些寒意。清月半空影动，点点星子闪现，藏寨传来阵阵犬吠。

长青春科尔寺建筑群依山而建，穿行在这些寺庙间的山路上，无比安静。偶尔有零散的喇嘛从身边匆匆走过，与我善意地打着招呼。这些建筑有着高大的墙体，主要以藏传佛教寺庙通常采用的黄、红、白三色。按照教义规定，格鲁派的经堂和塔要刷成白色，佛堂要刷成红色。

行至三座主殿，虽然没有北京紫禁城那么宏伟壮观，但是在藏区有此雄伟庄严的建筑也是令人震撼的。三座主殿并排开来，分别供着三世佛，即前世、今生和来世。殿顶正中放置着金光灿灿的吉祥雕塑——鎏金铜法轮，两旁为对卧的金鹿，象征着释迦牟尼在鹿野苑初次说“法”，四周还有宝幢等，都是用铜皮捶打制成，各色装饰中多有八宝吉祥图案。理塘每天的第一缕阳光总是先照射在长青春科尔寺的宝顶上，远远望去金碧辉煌，威严神圣。

天空渐黑，灯光次第启亮，看门的喇嘛起身，我不敢久留，在寺庙的晚钟声中，亟亟往回赶路。

注释：

①格西，藏语“格威西联”的省音，意为“善知识”，藏传佛教格鲁派寺院的学位，有人比喻相当于博士。喇嘛按顺序学完必修的经典后，可以考取不同等级的格西学位，以后即可任扎仓（僧学院）或中小寺院的堪布（最高主持人）。

理塘 | 一颗核桃

在理塘的路上，天空依然那么蓝，沿途我看见一些藏民正在弯腰捡拾什么，我也跳下车去看个究竟，原来是散落在地上的核桃，这时一个喇嘛在我旁边俯身拾起一颗核桃要送与我，那笑容里，我看见了分享的善意。

理塘，智慧的幸福

理塘的清晨，空旷，明净，寂寥。我同时听到了窗外老鸦和喜鹊的叫声。不过值得庆幸的是，我的头不再疼痛，高原反应已无踪影。

路过白塔公园，三三两两的藏民早已围着塔开始转经、膜拜，信仰在当地已深入人心。还有一些小孩在太阳底下用藏腔普通话大声朗读着小学课文，看他们专注而努力的样子，凸显着一种改变命运的民族渴望。

在路途中，我遇见过“千里走单骑”者——一个人骑自行车到西藏，也碰见过三个从成都出发徒步到西藏的“背包客”。面对他们走在向西“朝圣之路”上的背影，除了钦佩还有祝福，也不禁让人寻思，这种苦行的方式，是为了圆一个人生壮行之梦还是表达内心向佛的虔诚之举？

当今已有不少人越发醒悟心灵的提升修炼比物资享受更加有意义。禅道智慧在当今社会越来越得到人们的认同和欢迎。生存的压力迫使人们期望从心灵上得到解脱，这也是一些白领热衷于各种“灵修”“禅修”课程的原因。

除了普通的善男信女外，一些所谓的达官贵人、富贾名流和知识分子纷纷成为佛家弟子或者佛学热衷者，不管他们是出于什么样的心态，至少也算是找到了一种内心的归属。此外，在人生得意时，转换轨道皈依佛法者也不乏其人。近代有著名音乐、美术教育家和书法家李叔同剃度为僧，几年前又有一名叫柳智宇的北大数学系高才生放弃了获得全额奖学金到美国麻省理工学院深造的机会，选择到北京西山凤凰岭一个千年古刹龙泉寺修习佛法。之前柳智宇担任过北大“耕读社”社长，据说前两任社长也都遁入空门。他们的这一“惊人之举”曾引发社会一片唏嘘之声。出家人中也不乏外国人，2007年，毕业于罗马大学的研究生，精通多国语言的意大利青年Lucas在南京玄奘寺剃度出家，成为首位在中国佛教寺院出家的外国人。在甘孜色达喇荣寺五明佛学院，前来修习佛法的出家人，有名校教授、医生、律师、4A广告公司的部门总监、富二代、海归博士……

到底是什么原因让他们敢于放弃“大好前程”而义无反顾地追随“佛祖”？

今天，因为科技发展和生活资源的极大丰富，让我们衣食无忧，生活也更加便利。然而，我们不断追求物质的目的是什么呢？就是为了获得“满足感”“安全感”和“幸福感”？财富的获得，最直接的用途无非是在满足温饱的基础上改善我们的生活质量，显示成功、地位和面子。阿兰·德波顿在《哲学的慰藉》中一针见血地指出了“财富”背后的隐情：“追求财富的欲望不一定单纯出自对奢侈生活的渴望，更重要的动机可能是希望得到别人的赞赏和善待。我们追求发财的最大目的可能就是要获得别人的尊重和关注，否则他人就会对我们视而不见。”

对于资源的需求无度是人的欲望本能，圣贤的智慧告诉我们：心是无形的、无限的，物质是有形的、有限的，物质永远也无法填补无形无限的心。周国平[①]说：“人世间的争夺，往往集中在物质财富的追求上。物质的东西，多一点自然好，少一些也没什么，能保证生存就行。对精神财富的追求，人与人之间不存在冲突，一个人的富有绝不会导致另外一个人的贫困。由此可见，人世间的东西，有一半是不值得争的，另一半是不需要争的。所以，争什么？”

在理塘的路上，天空依然那么蓝，沿途我看见一些藏民正弯着腰身在捡拾着什么，我也跳下车去看个究竟，原来是散落在地上的核桃，这时一个喇嘛在我旁边俯身拾起一颗核桃要送与我，那笑容里，我看见了分享的善意。

禅宗讲“不立文字，教外别传，直指人心，见性成佛”，我们的思想或许远不能达到超然的境界，但至少在理性的背后，我们有所领悟，更能理解：幸福并非是对知识、权力和金钱的占有。

长久的幸福，源于坚定的信仰和内心深处的安详。

注释：

①周国平，1945年生于上海，中国社会科学院哲学研究所研究员。中国当代著名学者、哲学家、散文家、作家，是中国改革开放后较早研究尼采的学者。

白塔寺转经筒，甘孜州理塘县，2011年。

然日卡村的希望

越野车驰骋在甘孜高原旷野，手持“爱疯”（iPhone）可以让全球各地的人看到即时发布的微博，每秒连拍如机关枪扫射的数码相机轻松捕捉每一个所谓“决定性瞬间”……是的，在这个连几千公里的外太空都有不停转动的卫星在为我们导航的时代，科技的应用早已渗透到人类生活的每个角落。

直到理塘乡村，让我看到了现代文明的触角还未到达的状态。

在这平均海拔4100多米的“世界高城”，第一夜能够安然入睡反而会让人担心是否正常。在那样的夜晚，你要么头痛欲裂，在床上呆坐一宿，要么在迷糊与清醒中辗转反侧。由于气温太低，理塘的供水管道被冻裂，无法使用自来水。

清晨，同行的人虽然都是一脸的倦意，但大家还是决定向巴塘方向出发。

理塘县辖1个镇（高城）、23个乡，共有一万多户人。每年冬天进入枯水期电站发不了多少电，是理塘电力最紧张的时期。记得刚到理塘时，在吃饭的时候还突然断电，让我们差点享受“烛光晚餐”。

我们要去的然日卡村离理塘县城还有百余公里，那是一个几乎与世隔绝的牧民村落，村里只有一所民办小学。

在旅行中，我喜欢关注当地的孩子，记录他们的生存与教育状况，他们天真无邪的笑容和对知识的渴望总是令人动容，常给我留下深刻的印象。

在碎石满地、崎岖不平的土公路上，近三个小时的颠簸，震得人肠胃不适。在穿越被当地人称为铁匠山的三个“金字塔”状的石山和一座座怪石阵后，我们远远看见白雪皑皑的格聂神山①在蓝色天际下巍

然屹立。格聂神山的主峰海拔有6224米，终年积雪，是藏民心中最尊崇的神山之一，也是摄影家常年拍摄的主题，更是全世界登山爱好者朝圣之地。但是因为山势陡峭，易发雪崩，2006年曾有两名美国登山家在攀登过程中遭遇雪崩罹难，至今仍没有人成功登顶。

在藏区，山、水、树等都是有神性和灵性的。这些神灵与普通藏民的日常生活有着密切的联系。尘世之神、世俗之神、地方之神都叫作“域拉”（Yul Lha）。普通人的安康，牲口的兴旺，气候的变化，疾病与灾害，战争的胜败等都取决于这些神灵的喜怒哀乐。人们常说的山神、树神、水神、家神、火土

理塘 | 教室的光

然日卡村的一所小学，全校只有一个教室，共30多名学生，两个老师。这里是牧区，离县城、乡镇很远，信息闭塞，很多孩子还是第一次见到我们带去的国旗。当我们把作业本和铅笔发给他们时，他们高兴坏了，可让我们没想到的是，他们没有卷笔刀，看着漂亮的铅笔却无法使用。

神、命神、财神、战神等都归类于“域拉”。

在普通藏族百姓的眼里，周围的山川树木，不仅仅是自然地貌，也与人类一样有着生命，甚至是影响和主宰一方的区域之神，时时处处都要小心祭祀和供养。

正午时分，我们到达喇嘛垭乡然日卡村。

然日卡村坐落在河谷低洼地带，四处是枯黄的草甸和裸露的土丘、沙砾，海拔高达4100米。该村共有80户村民，绝大部分只会说藏语，不识藏文，不懂汉语。然日卡村从来没有通过电。这里除了牧场，基本没有其他的经济产业，同行的人笑称为鸟不生蛋的地方。

然日卡村有一所小学，只有一个班，共30多名学生，两个老师。我们给孩子们带去了一面崭新的国旗。这里离县城、乡镇很远，信息闭塞，很多孩子还是第一次见到国旗。当我们把作业本和铅笔发给他们时，他们高兴坏了，可让我们没想到的是，他们没有卷笔刀，看着漂亮的铅笔却无法使用。

藏族人阿嗡罗森是这里的藏文老师。他以前是一个牧民，两个月前，当他听说这里缺少一个藏文老师，便来到这儿，开始了他的教师生涯。为了教书，他把自己的妻儿都带了过来，现在一家三口就住在学校里。阿嗡罗森告诉我：“没有电对于上课来说是一个很大的问题，只有我住的地方有一盏太阳能灯，只能发出微弱的灯光，一天也就能用3个小时。教室没有电灯，孩子们不得不在昏暗的环境下上课、学习。”

中午，我们就在阿嗡罗森家吃午饭，为了招待我们五人，他们把家里最好的饭菜端出来，也只有三个菜：凉拌海带粉丝、花生米肉丁和一份素菜。他们把仅有的几个碗让给我们用，自己用一次性纸杯当餐具。刚吃完饭，村里的人又热情地邀请我们去他们家做客，他们这里难得见到外面的人进来，特别是来自省城的汉人。

村长降南家里基本没有什么电器，唯一用电的是一盏光伏太阳能灯。村长介绍了村里的情况，我们听不懂藏语，只好请嘉塞老师帮我们做翻译。

“我们这里从‘文革’以后就没怎么发展了，村里基本没有懂文化的人。”

“小孩子没有机会和条件学习，从小跟着牛羊跑。”

“村里有人生病了，到康定去看病还得请一个懂汉语的人做翻译。”

“因为没有地方住宿，很多牧民的孩子都没有办法来这里上课。”

“现在我们最盼望的是早点通电，至少可以用电机打酥油茶，可以看看电视，了解外面的信息。”

村长家有5个小孩，三个儿子在村小学上学，最大的15岁，还不识字。

嘉塞老师感叹而忧心忡忡地说，现在都是21世纪的信息时代了，而这里依然是一个与世隔绝的原始村落。他们没有享受到现代文明的好处，对当地民族的延续和发展也是非常不利的。

是的，一个民族如果不能跟上时代的步伐，必然会逐渐在社会发展的洪流中落伍、消失。

在告别然日卡村的路上，我们看见一排排电杆已经站立在草原之上，看来村子通电的日子不远了，它们就像一座座灯塔，为村民点亮了新的希望。

注释：

①格聂神山，位于四川理塘县热柯乡，它的藏语名为呷玛日巴，是我国藏传佛教24座神山中的第13座女神，也是胜乐金刚的八大金刚妙语圣地之一，在藏地，胜乐金刚的圣地只有喜马拉雅山和格聂神山。

道孚 | 路过白塔

在藏区，类似的白塔非常多，只是规模和大小不同。长期以来，由于藏族佛教徒以造塔作为一种修德积福的途径，无论僧俗都热衷于建造佛塔。在藏区文化中，佛塔、佛像、经书、高声诵经，所有这一切都会自动地产生大量功德。早晚时间段，会有很多藏民围绕白塔顺时针方向行走，这已成为他们生活中的主要内容与习惯。

道孚大白塔

六月，雨后的清晨，还有些寒意。道孚的山在云雾中半遮半掩。我向宾馆老板和路人打听着白塔的方位，出门不远，一阵惊人心魄的狗吠让我停下了脚步。两只凶猛的藏獒[①]眼睛直勾勾地盯着我，要不是有铁链的控制，可能早就如狼似虎地扑将过来了。藏獒的凶悍和名贵早已名满天下，我蹑手蹑脚、胆战心惊地绕过他们的领地，还好，前面就是大街了。

街道上，有三三两两上学的孩童。往白塔方向走，会看到不少手拿佛珠，口中念念有词的转经人。在藏区，早晚时间段有很多围绕白塔、寺庙沿顺时针方向行走的虔诚的佛教徒，每天转经已经成为当地居民生活中的主要内容与习惯。

道孚县城东南面的大白塔名为“朗吉曲登”，汉语称之为“胜利白塔”，是县城内标志性建筑。胜利白塔由中央主塔和24座小佛塔组成，为石木结构。主塔高53.24米，基宽24.8米，是13层密檩飞檐的空心塔，内设木梯，可攀登至塔顶。大小塔均呈宝瓶状，主塔高大雄伟，小塔玲珑俊俏。塔内供奉大小神像、佛像数百尊，收藏《大藏经》[②]等佛教典籍数百卷，周围设铜质转经筒168个。

在藏区，类似的白塔非常多，只是规模和大小不同。

转经的人们，总是匆匆从我身旁走过，诵念着我听不懂的经文。在他们眼里，我只不过是他们今世轮回中偶遇的一个过客，他们专注的依然是自己一生的功课——消除业障，潜心修行。

有信仰的人是幸福的。他们为了心中的理想，主动选择了一条修行、朝圣之路。如同伊斯兰教和基督教，他们的信徒分布在世界各地，但是都遵行统一的教义，在心中都有一个至高无上的圣地。

藏传佛教，对世人来说依然是一种神秘的宗教信仰，喜欢奇闻逸事的八卦人士常对密宗的灵通之术、男女双修等津津乐道，对于那些真心寻求问题解答的修行者来说，藏传佛教的教理却具有“脱胎换骨”的吸引力。

《僧侣与哲学家》一书的作者是一对父子。儿子马修·李卡德，1946年生于法国，父亲是哲学教授，母亲是钢琴家。马修大学从事分子生物学研究，1972年获得博士学位，同年，他放弃与诺贝尔医学奖得主一起研究生物基因族谱，迁居到喜马拉雅山脚下，开始跟随西藏大师学习佛法。当人们质询马修为何放弃科学研究而选择藏传佛教的修行时，他说：“我突然发现这种研究，根本没有办法解决生命最基本的问题，科学研究的目的也不在解决生命根本的问题。”

孔子说：“未知生，焉知死”，反过来“未知死，何知生”同样值得思考。生命最基本的问题其实就是关于生死的命题，也是自古以来各种宗教、哲学讨论不休的话题。然而现实中人们喜谈“生”，却讳言“死”。对于后者，一是不想谈，因为恐惧；二是不愿谈，因为没工夫。索甲仁波切在《西藏生死书》中直言：“生活节奏如此紧张，使我们没有时间想到死亡。为了拥有更多的财物，我们拼命追求享受，最后沦为他们的奴隶，只为掩饰我们对于无常的恐惧。我们的时间和精力被消灭殆尽，只为了维持虚假的事物。生命就被如此虚度，除非有重病或灾难，否则我们不会从恍惚中惊醒过来。每当我们迷失方向或懒散的时候，观照死亡和无常可以让我们回归真理：生者必死，聚者必散，积者必竭，立者必倒，高者必坠。”

佛教观照生死，禅宗讲究证悟，无不显示出探索生命根本的智慧。佛家讲，生与死，不是生命的起始和终结，而是“六道”更迭的中间环节。每当看到藏民们围绕白塔一圈又一圈、年复一年地转行时，感觉他们似乎正以一种特殊的仪轨向世人昭示生命的常态——那便是轮回。

千百年来，不论是藏传佛教还是达摩禅宗，均以其特有的生命力吸引着越来越多的修行人。

注释：

①藏獒，又称西藏獒犬、番狗、羌狗、松藩狗、苍猊犬、雪山狮子，是一种原产于中国青藏高原的大型烈性犬种，主要特征为高大、凶猛、垂耳等，成年个体威风凛凛，神似雄狮，体长可达1.5米。

②《大藏经》，在佛教发展的漫长历史中逐渐积累而成。释迦牟尼佛有生之年的学说只是口头传承，并未形成书面文字，佛陀圆寂后其弟子为了继承其传教事业，开始以集体忆诵和讨论的方法收集整理他的言论，经过四次结集，形成了佛经。其内容博大精深，除佛教教义外，也包含了政治、伦理、哲学、文学、艺术、习俗等方面的论述，是人类历史上一笔丰厚的文化遗产。

天地之辩

甘孜寺坐落在甘孜县城边的山坡上，建筑风格属藏、汉结合。寺庙系格鲁派，已经有339年历史，“文化大革命”时期被毁，1980年前后重建。下午，花了15元叫了一辆出租车把我送到甘孜寺。寺外几个喇嘛正在一间佛堂天台上夯土，说是为了防水。在此平台可以看见甘孜县城全貌。当我将视线收回，沿着一片嘈杂之声寻去，发现就在脚底一层，很多身着绛红色氆氇的年轻喇嘛三五成堆地讨论着什么，不时穿插着击掌的动作。我立即意识到这就是常说的辩经活动。

辩经是藏传佛教一种特有的学习方式。古印度佛教分五类学科，称五明，即声明、工巧明、医方明、因明和内明。“明”即学问、学科。藏传佛教注重学识与应变能力的培养，辩经属于因明学体系中辩论佛教教义的学习课程，训练逻辑推理。辩经在藏语中称“村尼作巴”，意为“法相”，是藏传佛教喇嘛攻读显宗经典的必经方式，多在寺院内空旷之地、树荫下进行。最早源于赤松德赞时期大乘和尚和噶玛拉锡拉的公开辩论。

我常常在书籍或者影视剧里看到，一个得道高僧常常几句话就让人哑口无言或者从中顿悟，这种能力的培养可能就与他们长久以来重视的辩经活动有关。佛教推广，佛法传扬，其实一定程度上也得力于那些高僧大德通过他们的学识、品德和辩才加以助长。

甘孜寺是霍尔十三寺[①]之一，设有村尼扎仓和昂巴扎仓。前者是专修显宗的经院，后者则是专修密宗的经院。因此，这里的学习氛围更加浓郁，对辩经的训练也严格有加。

我看见一名身材魁梧、神情威严的中年僧人在场地里来回巡查。即使我们这些凡客在里面拍照和搭讪，僧人们也不敢东张西望、任意闲聊。巡查的僧人名叫巴素，是他们的监督老师。辩经的作息时间一般是上午六点到八点，下午三点至六点半。

因为是藏语辩经，所以我除了一脸的茫然啥都听不懂。我走到一角，问了两名分别叫德勒和登真达奇的僧人关于辩论的内容。他们说主要是关于佛学的知识，例如一问：佛祖（佛法）从哪里来？一答：佛法自印度来。等我想再追问下去时，他们瞅了瞅不远处的巴素害怕地表示不便回答。

试想如果在汉人的学校广泛推行这种辩论活动，那么将会是什么样的一番景象？人人都是辩论家，对于社会发展和文明进程将起到什么影响呢？其实在发达国家如美国就非常注重辩才的培养和辩论活动的开展，小到课堂辩论，大到总统大选辩论。我想，热衷于辩论的古希腊哲学家苏格拉底可能更乐见于此风的盛行。

辩经是藏传佛学的一大特色，辩经主持者常由优秀的僧人担任，其方式各寺不同，主要可分为对辩和立宗辩两种形式。

对辩，藏语称“作朗”。即两人辩论，其中一方提问，另一方回答，且不许反问；告一段落后再反过来，直至一人无法问出。我询问的德勒和登真达奇二僧即为对辩。

立宗辩，藏语称“当贾狭”。辩者无人数限制，立宗人自立一说，待人辩驳，多坐于地上，只可回答不可反问；问难者称达赛当堪，即“试问真意者”，不断提出问题，有时一人提问，有时数人提问，被提问者无反问机会。立宗辩过程中问难者可高声怪叫，也可鼓掌助威，舞动念珠、拉袍撩衣、来回踱步，也可用手抚拍对方身体等做各种奚落对方的动作。

这两种方式在甘孜寺都可以看到，他们的辩论也异常激烈，激烈之时仿佛在戏耍打闹。当然辩论的方式灵活多样，在立宗辩的时候，我看见一群人上去抱着立宗人用手搓揉其脸，让其无暇说话……即使辩经时间已到，场地关门时，还有一些意犹未尽的僧人在继续探讨。后来我在成都参加藏族自由摄影师尕藏丹增的摄影交流活动时了解到关于辩经的更多知识。他说其实辩经是僧人们日常生活的一部分，与说话一样平常，问的问题也多是一些佛教里面的各种常识，例如某某活佛出生在什么地方，出生时有多重等，只要答案有据可查就算你获胜。

当然高僧大德辩经的内容才是具有一定水准的，他们往往只需一句话就可以回答很多人的问题。这似乎可以理解为真理要义往往都是最简单的。

注释：

①霍尔十三寺，1655年，出生于霍尔家族的曲吉·昂翁彭措到康区建寺传法，在德格建立了康北第一座格鲁派寺庙——更萨寺，并成为该寺第一任活佛。然后又以更萨寺为母寺，相继在甘孜、炉霍、道孚境内建立了甘孜寺、孔玛寺、大金寺、桑珠寺、扎觉寺、章谷寺（寿灵寺）、西科寺、娘绒寺、灵雀寺、班日寺、孜苏寺、东谷寺。霍尔十三寺建成后，康南、康东受其影响，各地纷纷将原属其他教派的寺庙改宗格鲁派，使格鲁派影响力在康区得到了极大的扩展。

甘孜寺 | 辩经

甘孜寺坐落在甘孜县城边的山坡上，已经有339年历史。沿着一片嘈杂之声寻去，我发现身着绛红色氆氇的年轻喇嘛三五成堆地讨论着什么，不时穿插着击掌的动作，这就是常说的辩经。辩经是藏传佛教一种特有的学习方式，也是僧人们日常生活的一部分。辩经的主题可以是天地佛理，亦可是凡尘琐事。

茶马古道重镇马尼干戈，甘孜州德格县，2012年。

一路向西，冰火风云

三月的成都，逐渐挣脱阴冷寒气的封锁。

倒春寒过后，周末迎来了久违的艳阳天。成都人蜂拥而出，晒太阳、赏春花，每个出城干道上都车满为患，而我们四辆越野车组成的奔赴石渠的车队，远没有他们那么轻松和闲情。此行从成都出发，主要经过康定、道孚、炉霍、甘孜、马尼干戈等地，最后到石渠，单向行程达1070公里。

第一天相对轻松，从成都过雅安再到康定，高速加高等级公路，让人不会觉得太过疲惫。而真正的考验将在后面。让人最为印象深刻的是那一路上的频繁颠簸和令人窒息的滚滚“黄尘”。

从康定往塔公方向，过了八美，再往道孚、炉霍，正值317国道治理期间，平整扎实的路段几近绝迹。沙砾浮土铺撒在公路上，一旦有车轮碾过，必然在沙石路面掀起铺天盖地的尘雾，车子就像长了一条长龙尾巴。要么是往来车辆飞驰而过，卷起长长的尘土，名为“瞒天过海式”；要么是同一车队，尾随其后的车将在“步人后尘”中品味尘土，名为“自产自销式”。为了减少扬尘影响，我们相互间拉开一定车距继续行驶。

如果说车外“八百里藏地尘土飞扬”的景观还有豪气可言，那一路上由于崎岖不平的山路给人以颠簸之苦就不那么迷人和浪漫了。

317国道经常有重型车辆经过，加上没有完成道路治理工程，塌陷、水坑、高坡、低坎、壕沟、乱木、碎石等各种路况在国道上司空见惯。越野车的底盘经常在越沟过坎中发出“哐啷”的震响，我们也在车内不时地从座位上腾起落下，虽然都系好了安全带，但是这如筛糠一般的起伏运动，总让人觉得整

海子山，甘孜州巴塘县，2013年。

结冰的湖面，甘孜州石渠县，2012年。

个人快要被抖散架了。特别是进入甘孜往石渠方向，车内一窝人如筛子中苦命的菜头，被突然抛向空中，撞上车顶后又重重落下摔到座位上，抱头捂臀加惊叫，真是狼狈不堪。

虽然已是春末时节，在甘孜大地你却有冰火两重天的特别体验。行驶到达海拔3000米以上，皑皑白雪如同雪花膏涂抹在路边、山头，一旦你摇开车窗想透透气，刮肉刺骨的雪风如鼓风机般向你袭来，不到几十秒你必然“感激涕零”外加“偏头痛”。

这还不算，即便你紧闭门窗“挂出免战牌”，随同那“火辣”的阳光直射进来的不仅仅是让人如坐针毡的燥热，还有那无形的杀手——紫外线“秒杀”着你的肌肤。如果你没有做好防御的准备工作，晒伤、泛红、脱皮之类必然“中招”，这也是为什么在石渠下来后同行的“战友”猛然发现我脸上“脱胎换皮”的“壮丽景象”时，自己却浑然不知。

在这上千公里奔赴石渠的途中，我时常看见那些路桥、电力等工程建设者已经在雪山下、丛林边、道路旁安营扎寨。板房、帐篷、机械、材料、围栏、旗帜等点兵布阵般有序地设置在沿线。“这些兄弟才真的艰苦哟！”对讲机里传来一阵感叹。

经过三天的日夜兼程，我们穿越茫茫雪原终于开进了石渠，在斜阳的余晖下，四周是一望无垠的雪地。远远看见蓝白相间的板房，如同南极科考站一般规整静谧地坐落在那里，金属锅炉发出银色的亮光，穿着各色工作服的工程人员正在忙碌，旗帜在零度的寒风中瑟瑟飘扬，工程机械正在伸臂作业……

看来，一切艰难总是挡不住建设者坚定的步伐。

夜幕下的草原，甘孜州石渠县，2012年。

天边的太阳部落

石渠，格萨尔王曾经征战的地方，有广袤无垠的扎溪卡大草原。

去过三次石渠，它是四川境内距离成都最远的县城，单程约1070公里，行车需要三天时间。平均海拔4250米，比“世界高城”——理塘还高110多米，是四川境内最偏远、海拔最高的县城。县城很小，如同一个小镇。街面上四处游走的狗比看见的人还多。每到下午，总能看见街面上聚集了很多藏民，大多在进行虫草交易。还有少数人在兜售脖子上挂着的各种藏饰品如绿松石、珊瑚珠等。

到石渠的第一晚，睡眠是考验的第一关。高原反应在深夜最为明显。很多人往往头痛难以入眠。冬季的石渠，宾馆没有自来水，因为零下10多度的气温早已将水冻结，致使水管爆裂。

刚到达石渠那天，热情的当地干部曲扎为我们高唱一曲巴塘山歌，美丽的藏族姑娘拉姆用歌曲《走进石渠》为我们祝酒……虽然这里环境恶劣，生活条件艰苦，但是扎溪卡草原儿女依然保持着淳朴的民风和乐观的态度。对佛的虔诚和行善积德的习性，让他们顽强地生存在这片土地上。

相传在很遥远的年代，有一头神牦牛被冰雪禁锢在格拉丹冬雪山上，是一群勇敢的康巴汉子爬上雪峰，从太阳那里引来了火种将冰雪融化，神牦牛苏醒了，一股亮晶晶的雪水从它的鼻孔中喷涌而出，形成蜿蜒的河流，孕育和滋养着草原万物。这便是关于石渠起源的神话传说。

谈到石渠，不得不说到著名摄影家吕玲珑。2001年，吕玲珑来石渠，被这里的美景和人文所倾倒，就给了扎溪卡取了一个更响亮的名字——太阳部落。2002年，通过出版《中国西部太阳部落——石渠》的精美画册，他向人们展现了扎溪卡草原的风土人情，第一次吸引了世人的目光。

被称为“西部探险摄影第一人”的吕玲珑，是世界级的风光摄影大师。他出生于20世纪50年代，从事专业摄影已有30余年。1986年，他发起并组织了影响深远的“纵横祖国五万里”摄影综合考察活动，带领考察队深入到世界屋脊和高原无人区，拍摄了无数撼人心魄的艺术作品。辞去公职后，他选择了自由摄影的道路，从此，忘情于西部山水，远离了都市喧嚣。

稻城亚丁因为他的拍摄而走向世界，他创造了首次徒步穿越世界第一大峡谷——雅鲁藏布江大峡谷的纪录，很多摄影爱好者趋之若鹜的雅安牛背山全景摄影平台也是当年吕玲珑发现的。

石渠以色须寺规模最大而最为知名。该寺供有藏区第二大铜塑镀金强巴佛[①]，仅次于西藏扎什伦布寺的强巴佛。色须寺是康区能授“格西”学位的两大格鲁派寺庙之一。“色须”意即“戴黄帽子的部落后裔”，据说“石渠”这个名称也是由此读音演变而来的。

在西藏等地随处可见玛尼堆，石渠的玛尼石则被垒成了玛尼墙，而最具代表性、最有影响的就是巴格玛尼墙和松格玛尼石经城。在当地人眼里，这两个地方就像布达拉宫和冈仁波齐[②]一样，是他们心目中的圣地。我曾经多次到过石渠，但都因为停留时间短暂，仅仅去看过巴格玛尼墙。

巴格玛尼墙距县城约60公里，途中要经过色须寺、雅砻江第一湾等景点。跨过雅砻江远远地就看见巴格玛尼墙仿佛是草原上筑起的一道长城。墙身最高处有3米左右，厚2～3米，它的长度大约1.6公里，堪称目前藏区最长的玛尼墙。整个墙体全部用玛尼石片垒砌而成，中间每隔一段距离就有几座佛塔相连，从头至尾的墙头上都挂满了经幡，石头上除刻有六字箴言[③]外，还有《甘珠尔》《丹珠尔》等大部分佛教经文。部分玛尼墙的两面还留有大大小小的许多方形的“窗口”，每个“窗口”里都摆放着一个或几个石刻彩绘的神像、佛像。墙体的每一片石头都是人们一锤一凿地刻出来，又一块一块地垒上去的。从巴格活佛一世在此放下第一块玛尼石算起，距今已有近300年的历史了，墙上这些历经风霜雨雪的经石，不知记载了多少人世间的沧桑。据说这些石头都具有灵性，不能随便带走，否则……

石渠县地广人稀，全县只有6万余人，但其总面积却达2.5万平方公里，平均每平方公里不到3人，除在县、区、乡镇等地人口相对密集外，一些偏远的地方则几乎为“无人区”。在石渠，你会觉得自己仿佛走进了一个天然野生动物园，运气好的话可以看见黑颈鹤在阿都措湖边起舞，白唇鹿在山间奔跑，岩羊在峭壁上跳跃，金雕在蓝天上翱翔，野狼在莽原独行，藏羚羊在雪地觅食……

石渠是国家级贫困县，每年财政收入仅有四五百万元，当地藏民主要以销售虫草和牦牛肉为生。石渠经济的贫乏掩盖不了她自然资源的富足，遮蔽不了她民风的淳朴，她静静地站立在四川北端美丽的扎溪卡大草原上，翘首期盼远方客人的到来。

注释：

①强巴佛，即汉地佛教的弥勒佛，是藏传佛教三世佛中的未来佛。

②冈仁波齐，即冈仁波齐峰，屹立在西藏阿里普兰县境内，是恒河、印度河和雅鲁藏布江等大江大河的发源地和西藏最有名的神山。它山形如橄榄，直插云霄，峰顶如七彩圆冠，周围如同八瓣莲花四面环绕，山身如同水晶砌成。冈仁波齐是藏传佛教、印度教和原始苯教等教的朝圣中心，每年都有许多来自中国内地、印度和尼泊尔的信徒前来朝拜转山，素有“神山之王”的美称。

③六字箴言，汉字音译为唵（an）、嘛（ma）、呢（ni）、叭（ba）、咪（mei）、吽（hong），是藏传佛教中最尊崇的一句咒语，密宗认为这是秘密莲花部的根本真言，也是莲花部观世音的真实言教，亦称六字真言。最简练而诗意的解释是：“好哇！莲花湖的珍宝！”

少年喇嘛，石渠县色须寺，2012年。

伍须海，甘孜州九龙县，2007年。

寂静的“翡冷翠”

翡冷翠，是当年徐志摩在旅居欧洲时，给意大利艺术之都佛罗伦萨取的译名。这是一个颇有文艺气息的名字，而我觉得在甘孜这片高原上，依然有一块被天堂遗失的翡翠，安静而冷寂地埋藏在某个地方，等待我们去寻访……

看“翡冷翠”，要翻一座大山——鸡丑山，海拔4200米。翻过垭口，满目荒凉，仅有一些草皮覆盖在山的表面，几处山峰在高寒下透出一种远古的沉寂，灰黑的山体了无生机，仿佛来到了月球。

翻过鸡丑山，一路上会零星看见一些藏族特色的房屋，各种高寒带林木在暮色中显得苍翠静谧。

就是这样一块碧玉，被称为“康巴第一海”，深藏于贡嘎山国家级风景名胜区。从县城出发，需要穿过一片原始森林，沿途有很多参天的老松和古柏，各种藤蔓树挂如同千年树精的胡须，幽暗神秘的气息让人感觉仿佛置身上古世纪。车行其间，光影斑驳，云雾缭绕，空气清爽，宛如世外。用碎石铺就的山路，已逐段改修成水泥路，由此会少了一些路途的辛苦，却同时降低了因一睹美景而费尽辛劳所带来的成就感。

路上几乎没有游人，穿过草坪，我终于看到了传说中的“海”，是一个冰碛湖，藏语意为“光辉灿烂的湖泊”。面对平静的湖面、清澈的湖水，人也变得安详宁静。湖边几处藏家小木屋，背倚高山，青烟缭缭，牦牛悠闲地沐浴在晨霭中觅食，真有一种神仙眷侣才能享受的惬意景致。倘若是自驾前往，在湖边露营不失一种浪漫之举。

因为天空有些低云，阳光间或会透过云层撒播到大地，这时可以看见湖面泛起的粼粼波光。周围的山长满了长松等乔木所形成的高寒针叶林，湖面如镜，似临天池。我绕着湖岸走向对面，穿梭在林间，偶见杜鹃花盛开朵朵，白如兰，粉若桃，姿态万千，好似在迷茫幻境中邂逅绿野仙踪。

岸边湖水碧绿，清澈见底，水温颇有几分凉意，毕竟来自高山融雪。老朽的树干沉卧湖边，变得泛白抢眼，让人感叹生命的易逝和短暂。此时，一个藏族老阿妈从路边行来，我们双手合十，相互念道：“扎西德勒！”

这片“海”若是深度开发，她的命运是否会步人后尘？相比开发较早的九寨沟，她自有一种朴实和淡雅。九寨沟是一种成熟的妖娆，虽然有人说它是童话世界，数量庞大的游人和掺杂的商业氛围难免会破坏掉当初可贵的本真和自然。那么什么是自然？这让我想起日本国宝级摄影师星野道夫[①]在其书《在漫长的旅途中》所说的：“人可能有两种重要的大自然。一是与生活息息相关的，周遭的自然。比如说路旁的草花，或是附近河川的潺潺流水。另一个，则是与日常生活无关的遥远的自然。”而我现在所面对的是后者。大自然坚强的背后是隐藏的脆弱，我们所生活的钢筋混凝土世界在很多年前不一样也是鸟语花香的那种周遭的自然吗？

青碧的水边，松林苍翠，虽然无法像星野道夫那样在阿拉斯加的冰雪丛林仰望炫丽舞动的极光，此刻的我，只想安静地坐在草地岸边，看飞鸟从水面掠过，聆听大自然的风语呢喃。

海，名为伍须海，四川甘孜州九龙县境内。

注释：

①星野道夫（ほしの みちお），日本野外摄影师，世界最著名的阿拉斯加摄影师，旅行作家。擅长拍摄野生动物，特别是熊，旅居阿拉斯加二十年，长期只身行旅于酷寒的极北大地。代表作《旅行的树》《阿拉斯加，光与风》《北方的光》《在漫长的旅途中》等，1996年于堪察加半岛遭棕熊袭击去世。

刹那娇羞已是永恒

山，自古多以挺拔伟岸而见称，或雄奇如三山五岳，或幽秀似青城峨眉，然雄奇高峻又不乏神秘艳秀者却独有四姑娘山。

四姑娘山位于青藏高原的东缘——四川阿坝州小金县与汶川县交界地带，海拔6250米，号称“蜀山之后”。大文豪屠格涅夫[①]曾感叹阿尔卑斯山“不论是少女峰或黑鹰峰上面都不会有过人的足迹”，而素有“东方阿尔卑斯山”之美誉的四姑娘山也鲜有人登临她的顶峰。日本登山队几乎每年都要来探险，常折服于她们的冷艳高险，并拜之为“雪山女神”。

从都江堰出发，西行100多公里，经映秀、卧龙、汶川，翻越海拔4532米的巴郎山。车如爬虫，一路盘旋而上，空气渐薄，气温骤降，登临积雪堆覆的巴郎山顶，四野茫茫，寒风凛冽，令人不由想到毛泽东的《十六字令》：

“山，快马加鞭未下鞍，惊回首，离天三尺三。”

两日走过长坪、双桥两沟，沟中小景略可叹观，真正精彩的还是四姑娘山雪峰在日落与日出时的惊鸿一瞥。当我从双桥沟出来，再驱车赶到20公里以外观看四姑娘山全景的“猫鼻梁”，已是下午6点多，日渐西沉，一抹余晖撒在“四姑娘”的脸上。四姑娘山峰像巨大的金字塔高耸于山脉中，覆盖着皑皑白雪，身前三座较矮的山峰纵列排在身形最美的幺妹峰——四姑娘山前，从右至左依次为“大姑娘”“二姑娘”“三姑娘”。不知不觉天空渐渐聚起一团云雾，笼罩于雪峰之上，如同蒙上一层暗纱，直到太阳落下了地平线，“四姑娘”仍是一脸黯然，看来拍摄日落时的神山胜景是泡汤了，明天就要返程，只有寄托于她“朝霞出浴”那一刻了。

风光摄影与人文摄影不同，想要拍摄到好的光影，就必须等待，还要看“人品”和运气。拍所谓的“日照金山”，最好的光线就在清晨日出那短短的几分钟。

第二天，7点钟我们一干“好摄之徒”再次来到“猫鼻梁”蹲守。瑟瑟晨风，寒气袭人，零下4度的气温逼得我们一会儿蜷缩着身躯，一会儿搓手，上蹿下跳个不停。灰蓝的天幕下，四姑娘山仍沉睡在静谧中。当东方泛起鱼肚白，一缕金色霞光穿透云层，落在“四姑娘”高高的小棉帽上，继而是额，是鼻，是脸颊。天空渐亮，“四姑娘”苏醒了，洁白如玉的容颜沐浴在朝霞中开始了她的梳妆，“三姑娘”“二姑娘”“大姑娘”相继撩开薄薄的晨雾，仰面梳理着黑发。“四姑娘的眼角还挂着眼泪！”几位女士惊奇地发现，难道真如传说中“四姑娘”不愿嫁给那个作恶多端的将军而流下了哀怨的泪水？

此时阳光穿越过东边的山坳，斜射下来，为“四姑娘”披上了一层灰色的薄纱。天空变得湛蓝，沐浴在晨光中的“四姑娘”更加美艳、挺拔高挑，雪峰娇颜如玉、金光闪耀，正所谓：“刺破青天锷未残。天欲堕，赖以拄其间。”

然而这还不是最美的，在四姑娘山前有一道从右至左平滑下降的山脊，如同美人半卧着朝前卷曲的小腿。山脊线上小树苍翠，小路蜿蜒，好似一双美靴上精雕细绣的花纹。由于气温实在太低，中巴车油门被冻熄火，我们一个个赤鼻流涕，双脚麻木冰凉，相机电子快门失灵，镜头中心凝成水雾，性急的跺着脚骂相机孬，性子好的将相机捂在怀里来回跳动。有人开始用柴油在路边燃起火堆，有人在公路上来回小跑。路上往来的游客们停下来观望，受不了寒冷又都纷纷离去，唯有我们像一群永不死心的疯子忠诚守候着美丽与奇迹。

一小时过去了，也许是上苍被我们所感动，开始有那么一丝光线穿射过来，抹亮了山脊一角。众人终于感受到了一点希望，大家继续注视着山脊。半小时过去了，“四姑娘”冰清玉洁的“肌肤”完全展现在蔚蓝的天幕下，连绵起伏的山脊由远而近，像栖身岸边的美人鱼，被晨曦勾勒出凹凸有致的曲线。阳光越过山顶，将一双美靴镀上了金边，这便是亭亭出浴的四姑娘山的金色之晨！

注释：

①屠格涅夫（1818—1883），全名伊凡·谢尔盖耶维奇·屠格涅夫，俄国19世纪批判现实主义作家、诗人和剧作家，成名作《猎人笔记》。

后 记

诗意的栖居

站在写字楼的落地窗前，窗外依然是钢筋水泥打造的世界。

高楼林立，阳光从深蓝的玻璃幕墙上反射过来，照得人脸发烫，萌动的季节已然有了初夏的气象。

平整如机场跑道的路面上，奔流着千万辆各色轿车，像上帝打发无聊的玩具。昨天人们还在羡慕着那些被称之为“车轮上的国家”，如今，车轮滚滚的场景已经上演。眺望远处，已经没有风景，街道消失在灰蒙蒙的尽头，鼻腔和咽喉里是挥之不去的堵塞感。

此时，我的思绪仿佛回到一个个曾经旅行过的地方，就像一个老者坐在幽暗的放映室里，用幻灯机播放着过去每一段短暂而又浪漫的回忆。

生活在中国西南之城，十多年的氤氲浸染，早已习惯了忙碌和散淡。当我刻意成为一个旁观者，站在这个名叫生活的“剧场”边“打望”时，看到的面孔多是匆忙、焦虑和木然。即便是瞬间的幸福与快乐表情，也亦如天际里拨开浓云迷雾时偶然撒下的一缕阳光。每当我驱车行进在夜深人静的街面，走在每天必须面对的分岔路，街灯由远而近又渐行渐远，在电台的浅吟低唱中忽然会越发觉得曾经期待的光辉岁月似乎越加遥远，那首《存在》一次次扯去麻木的外壳，撞入内心——

多少人走着却困在原地

多少人活着却如同死去

多少人爱着却好似分离

多少人笑着却满含泪滴

……

人们在奔忙、疲惫中年华渐渐老去，回首一生不过尔尔，突然间那些曾经的梦想寥少实现。一个广场歌唱家讲述着这样的故事："我喜欢音乐，喜欢唱歌，但我干了一辈子的药剂师。2000年的时候，我老婆去世了，临走前说的最后一句话，'我错了，我不该左右你的人生，我离开后，去作曲吧，去唱歌吧，追求你自己的梦想，祝福你，我的爱……'我会上千首歌，很多是我自己写的，我唱给你们、他们、遇见的人，或者广场、树木，或者流水、白云，这样的生活，多好！不是吗？"

于是有人幡然醒悟，激烈者决然辞去工作，挥挥衣袖，不带走一片云彩。单身者说，那点薪水之于高房价、高消费如杯水车薪，还不如壮游天涯，纵情山水，过得清静，乐得快活。当然也不乏有人成家立业后带着家小离群索居寻找自己的"乌托邦"。德国生态学家马悠（Josef Margraf）与妻子李旻果带着孩子旅居云南西双版纳热带雨林，一住就是十余年。他们自己修建房屋，自给自足，连孩子都是自己教育。美国的一对夫妇，辞掉高收入的工作，卖掉了城市里的房产，在阿拉斯加买下一座半岛，开荒种田，过起了最原始的田园生活……

还有更甚者，遁出现世，隐没于群山，成为真正的隐士。其目的如《后汉书·逸民列传》所述："或隐居以求其志，或回避以全其道，或静己以镇其躁，或去危以图其安，或垢俗以动其概，或疵物以激其清。"

这样的生活有一个诱人的好处，如弗洛伊德在《文明与缺憾》中所说，可以避免纷繁俗世的滋扰，这个途径所带来的幸福显而易见是静谧的幸福。

然而这些选择和追求需要莫大的勇气，因为你必须放弃很多，甚至会受到人们的诘问和亲朋们的阻挠。所以，更多的人如你我，告别单身，承担着工作和家庭的责任，成为群体中密不可分的一部分。社会早已不容你有半点逃离现实的非分之想。

对于那些辞职旅行者，我只能羡慕其不必考虑后果的洒脱。他们可以成为周游世界的先行者，虽然是走马观花，穷游自乐，几年或者十几年的漂泊，积攒了几十国的游历，但那只是他们自己的行游，他们的故事和旅途的奇遇、惊喜，与我没有半点干系。

当我还是一个外出旅行的"菜鸟"时，热衷于在网络上收集各种攻略、路书和游记，常常按照"前辈"们的独家经验去体验一番。相同的路线，所见所观所感，有似曾相识，也有各自的不同。现在，我已经对提前做旅行的功课没有太多热情，最多了解一下地理位置、当地交通和住宿情况，然后带着一颗陌生人的心去体会。一边闲散地行走，一边用快门把瞬间截取成片，然后将收获的一切统统打包装进行囊。回到书房，再一一倾囊而出，慢慢地、细细地品味。

对于某些人来说，旅行就像鸦片，“一天足不出户就会死”。只有在路上，他们才能找到存在感，他们才能找到活着的理由，他们才能在炫耀与分享中找回自我和尊严……

其实，旅行是一件私密的事，重在内心感受和个人感悟。在一个大家都在忙着追赶的社会里待久了，需要静下来、慢下来，捋一捋心，透一透气。就像用相机的慢门拍摄到的街道夜景，走动的人变成了模糊的身影，车流的尾灯拖曳成一束束发光的线条，唯有静止的建筑和树木才是清晰的。

其实，旅行不过是一种心境。谈到旅行，人们多会津津乐道于国内外那些烂熟于心的著名景点，似乎只有通过航班、火车、轮渡和越野车等交通工具抵达的地方才能被称为“旅行地”。从起点到终点，差别在于距离，不同的便是当时的心情。

心远地自偏。当没有机会远游时，我依旧不改行走的习性，在短途或近郊漫步中体会自然的休养生息，在老旧社区里用相机拍下身边的百姓人文。一花一世界，谁敢说身边没有可以探求的未知领域呢?

树欲静，而风不止。今天，“成功学”依然是众人争相修习的法门，主流价值观依然主导着社会的每个角落，让我们不自觉地被其左右，甚至是无可奈何地被裹挟。功能主义和实用主义依然成为人们对每一个行为价值“先入为主”的判定依据。正如某位摄影杂志主编所说，无论走多远，我们都是时代的囚徒，逃不脱浮躁的侵袭，但理智的取景器，仍然能够告诉你，什么才是生活真正的焦点。

旅行，它不是“速效救心丸”，但可以观照内心。旅行就像一片云，只有走过高天，俯视田园，让我们得以用新的视角去审视这个世界。

旅行，让我们在路上享受自在的宁静。

旅行，让我们在路上寻找诗意的栖居。

责任编辑:李金兰
责任校对:喻　震
封面设计:严春艳
责任印制:王　炜

图书在版编目(CIP)数据

一座城池,一路风景 / 王鑫著摄. —成都:四川大学出版社,2014.8
ISBN 978-7-5614-7987-2

Ⅰ.①一… Ⅱ.①王… Ⅲ.①散文集－中国－当代②摄影集－中国－现代 Ⅳ.①I267②J421

中国版本图书馆 CIP 数据核字(2014)第 200536 号

书名　一座城池,一路风景

著　　者　王　鑫
摄　　影　王　鑫
出　　版　四川大学出版社
地　　址　成都市一环路南一段 24 号 (610065)
发　　行　四川大学出版社
书　　号　ISBN 978-7-5614-7987-2
印　　刷　成都市金雅迪彩色印刷有限公司
成品尺寸　180 mm×210 mm
印　　张　11.25
字　　数　217 千字
版　　次　2015 年 1 月第 1 版
印　　次　2021 年 1 月第 2 次印刷
定　　价　78.00 元

◆读者邮购本书,请与本社发行科联系。
电话:(028)85408408/(028)85401670/(028)85408023　邮政编码:610065
◆本社图书如有印装质量问题,请寄回出版社调换。
◆网址:http://press.scu.edu.cn